EL TES

OLVIDADO

Yarisaime Díaz Escribano

Primera edición: septiembre de 2010
Editado por: Yarisaime Díaz Escribano
Diseño de portada: Yarisaime Díaz Escribano
Contacto: yarydiaz2009@hotmail.com
Impreso en UE – Printed in the EU

A mi hijo Hades,
este libro ha sido posible gracias a él.

AGRADECIMIENTOS

En primer lugar, quiero darle las gracias a mi familia. A mi pareja Alejandro, que siempre me anima a seguir y a mis niños Hades y Xavier, que me dan la fuerza que necesito, aunque a veces sean los más críticos.

En segundo lugar, a mis hermanas Lara y Alba, ya que este proyecto, sin sus ánimos e ideas no hubiese sido posible. Ellas son parte de esta y de todas mis locuras.

En tercer lugar, quiero agradecer a mis padres, que desde pequeña me hayan apoyado en todos los proyectos en los que he decidido aventurarme. Me hicieron ver que nada era imposible.

Y para terminar y no porque sean menos importantes, a mis amigos y a todos los lectores, que han decidido elegir mis libros como lectura. Espero que los disfrutéis, tanto, como yo he disfrutado escribiéndolos.

UN DESTINO PARA LAS VACACIONES

I

Había pasado un año desde su primera aventura y los cuatro jóvenes a menudo la recordaban. Lara y Jose estaban juntos desde entonces. El chico se había comprado un pequeño apartamento en la ciudad, para estar más cerca de su novia y del instituto. Por fin había terminado el módulo, aunque quería seguir estudiando. Los demás habían finalizado el bachillerato y la P.A.U. Lara acabó con unas notas excelentes, así que pudo elegir la carrera que quiso. Alba y David habían sacado unas notas bastante buenas, ya que su amiga los había obligado a sentar al cabeza a nivel educativo. David se había decantado por enfermería y Alba decidió que haría ilustración en la escuela de arte.

La relación entre Alba y Marcos había sido un desastre. No solo el chico le confesó, al mes de estar saliendo, que le habían concedido una beca Erasmus y al comenzar el curso se marcharía a estudiar a Alemania, sino que su hermana melliza, Yoli, no había dejado de malmeter para intentar que rompieran. Alba decidió dejar al chico, poco después de la noticia.

En cambio, David y Joana seguían como el primer día. Cuando el año anterior, el chico llegó de sus vacaciones valsequilleras, la llamó inmediatamente para quedar y conocerse. Enseguida comenzaron su relación y la chica había pasado a formar parte del grupo. Alba siempre decía que le resultaban empalagosos, pues los dos eran muy románticos. El único problema que habían tenido, eran unos pequeños celos por parte de Joana, hacia todo aquello que se acercara a David. Aunque poco a poco, lo había ido superando.

5

De vez en cuando los cuatro, Jose, David, Lara y Alba volvían a Valsequillo a disfrutar de la maravillosa casa cueva de Jose y su pequeño paraíso particular, pero como Joana no podía ir con ellos, porque no podían revelarle su secreto, David cada vez iba menos. Alba también dejó de ir, pues se sentía incómoda, estando a solas con Lara y Jose. Así que los chicos, iban más bien poco a su preciado escondite.

Lara y Alba, al haber cumplido ya los dieciocho años, tenían como no, el carné de conducir. Lara el de coche y Alba el de moto. Todavía la chica no podía conducir una moto con una cilindrada mayor a 250cc, a no ser que la que se comprase trajera de casa, un limitador de velocidad, así que se compró una Kawasaki ninja blanca. Desde siempre había sido su sueño.

Jose había cambiado su peugeot negro, por una furgoneta amarilla y David ya no tenía que pedirle prestado el coche a su padre, ya que se compró un flamante coche medio deportivo.

Se encontraban a finales del mes de junio y estaban comenzando a planificar sus vacaciones. Tomaban unos refrescos en la terraza de un centro comercial mientras decidían qué podían hacer para el mes de julio.

—Pues yo estoy cansada de los hoteles convencionales —comenzó a hablar Alba.

—Sí, la verdad es que yo también —continuó Lara—. Deberíamos hacer algo diferente como el año pasado —les guiñó un ojo a sus amigos sin que la viera Joana.

—Estoy totalmente de acuerdo. —David, se sentía un poco culpable por tener que esconderle aquella información a su novia, pero Lara tenía razón, anhelaba unas vacaciones como aquellas.

—Por qué no nos vamos a Italia o a Francia o...no sé un sitio así —propuso Alba.

—¿Y por qué no nos vamos a alguna de nuestras islas? —habló por primera vez Jose —. Que yo sepa el año pasado no hizo falta irse tan lejos para tener unas vacaciones inolvidables.

—Algún día me contaréis por qué aquellas vacaciones fueron tan maravillosas. Nunca he entendido qué tiene de especial, irse a pasar una semana a una casa cueva en Valsequillo y que el dueño de la casa intente matarte. —Joana estaba indignada.

El caso había salido en todos los periódicos.

—Bueno, fue emocionante —se rio Alba recordando lo sucedido.

—Entonces —David cambió de tema—, ¿adónde nos vamos?

Comenzaron a intercambiar opiniones y finalmente estuvieron de acuerdo en que Jose tenía toda la razón. Decidieron estudiar las demás islas del Archipiélago Canario. Alba sacó su portátil de la mochila y se conectó a internet con su módem usb. Tecleó "islas canarias" y al momento apareció todo tipo de información sobre las islas, pero era demasiado general, así que fue tecleando una por una. Lara sacó de su bolso una de sus acostumbradas libretas y uno de sus típicos bolígrafos cursis.

—¿Qué vas a hacer? —preguntó Alba sorprendida.

—Recopilar información sobre cada una de ellas, para ver luego, cuál nos apetece ir a visitar —mientras le decía esto a su amiga, escribió los nombres de las seis islas restantes del archipiélago, cada una en una hoja.

—No me lo puedo creer, ¿hasta para saber adónde quieres ir de vacaciones tienes que hacer una lista? —hizo una pausa y recordó el incidente de las linternas. Si le hubiese hecho caso a la lista que Lara le había hecho el año anterior, no hubiesen pasado por aquello—. Bueno, vale, apunta.

7

Alba fue leyendo la información sobre los lugares de interés turístico de cada una de las islas y Lara fue tomando notas. Debatieron durante casi una hora, pues todas poseían lugares increíbles. Al final llegaron a la conclusión de que la isla de La Palma era el destino ideal para aquellas vacaciones. No solo era una de las pocas islas canarias que les quedaba por visitar a la mayoría de ellos, sino que ese año era la bajada de La Virgen de Las Nieves. Ese famoso acontecimiento sucedía únicamente una vez cada cinco años y ninguno de los chicos había ido nunca a tan fantástica fiesta.

—Yo tengo familia en La Palma—dijoLara— y hace tiempo que no los veo, así que si no os importa me gustaría ir a visitarlos.

—Claro que sí, así nos aconsejarán lugares de la isla para ir de excursión —contestó David.

—Si. Y si queréis puedo preguntarles por algún sitio interesante para hospedarnos.

—Eso es una buena idea, porque por internet todo te lo pintan muy bonito, pero cuando llegas, te llevas un chasco —añadió Joana.

Los chicos siguieron haciendo planes para las vacaciones. Miraron en el ordenador de Alba algunos sitios interesantes que poseía la isla, aunque prefirieron comprobarlo por ellos mismos. La verdad es que nunca se hubieran imaginado los lugares increíbles que había allí. Desde luego, el nombre de "la isla bonita" era más que acertado.

—Bien ¿reservamos ya los pasajes? —preguntó Lara—, si nos dejamos ir no encontraremos, no os imagináis la de gente que va a esta fiesta y queda apenas una semana y media.

—Sí creo que es lo mejor —la apoyó Joana.

—Aquí dice que la fecha del comienzo oficial de las fiestas es el cuatro de julio, con la izada de la bandera y la bajada del trono de la Virgen y luego la fiesta de la danza de los enanos se celebra a partir del día quince.

—Pues reserva para unos días antes, así nos dará tiempo de recorrernos parte la isla antes de las fiestas ¿no? —En realidad lo que Jose no quería era llegar al mismo tiempo que el resto de los turistas. Por esas fechas aquello sería un caos.

—Tienes razón, miraré para una semana antes —Alba había pensado exactamente lo mismo que su amigo— y podemos quedarnos hasta el dieciocho o diecinueve, así nos dará tiempo de verlo todo.

Estuvieron un rato buscando pasajes para unos días antes de las fiestas, pero estaba todo agotado. Lo único que consiguieron fueron billetes de barco, así que decidieron que, de paso se llevarían uno de los coches para moverse por la isla. Mejor uno propio que alquilado. Como no, el de Jose era el vehículo perfecto. Una furgoneta camperizada donde cabían perfectamente los cinco, además de todos los bártulos que decidieran llevar. Solo con las maletas de Lara y Joana, la mitad del maletero estaría ocupado. Alba decidió que se llevaría su moto. De sobra sabía que la isla era muy montañosa, lo que equivalía a unas carreteras plagadas de curvas.

—Bien, podemos salir el martes día veintinueve, a las siete, nueve, una o cuatro —comenzó a decirles Alba—. Saldríamos de Agaete y tendríamos que hacer trasbordo en Tenerife. El trayecto es de una hora aproximadamente. Llegaríamos a Santa Cruz de Tenerife y tendríamos que conducir hasta Los Cristianos para embarcar a las siete y coger el barco hasta Santa Cruz de Palma.

—Yo pienso que con que salgamos de aquí a las cuatro, llegaremos con tiempo de coger el otro barco —dijo David.

—Sí, porque de Santa Cruz de Tenerife a Los Cristianos se tarda un poco más de una hora y tendríamos dos, ¿no? —Jose había estado más veces en Tenerife.

—Entonces, ¿reservo para las cuatro? —preguntó Alba

—Sí— dijo decidida Joana.

La chica le hizo caso a su amiga. Cogió un pack, que incluía cuatro personas y un coche y otro pasaje individual más su moto.

—Perfecto, pues si no me equivoco, salimos el día veintinueve de junio a las cuatro desde Agaete y sobre las nueve y cuarto desembarcaremos en Santa Cruz de La Palma.

—Va a ser un día movidito —dijo Lara pensando en el trayecto del barco—. Tendremos que preparar un par de cosas para el camino. Deberíamos llevar una nevera con agua y refrescos y luego otra con comida, porque por lo menos a mí, no me gusta la comida que sirven en los barcos.

Todos rieron de las ocurrencias de la chica, aunque ya a nadie le extrañaban.

Solo faltaba pensar en el alojamiento.

Lara decidió llamar a su tía Carmen y pedirle consejo. Esta le recomendó varios hoteles, pero la joven le dijo que no querían ir a un hotel convencional. Tardó un rato en contestarle mientras pensaba y le comentó, que recordaba que su cuñada le había dicho que se quedó una vez en una preciosa y enorme mansión antigua, que sus dueños habían convertido en una especie hotel rural en Puntallana, pero no recordaba el nombre. Lara le dijo que no se preocupara que con la descripción que le había dado, podría buscarlo en internet. Su tía Carmen no la dejó colgar hasta que no le prometió que ella y sus amigos irían a hacerle una visita.

La chica les describió a los demás el alojamiento que le había propuesto su tía y a los jóvenes les pareció una buena idea. Por lo menos sería diferente.

—Entonces, tengo que buscar una mansión antigua que ha sido convertida en hotel y que está en Puntallana. —Alba pulsó el intro y al instante apareció.

En medio de un bosque plagado de pinos había una mansión enorme, de estilo plateresco, rodeada por un maravilloso jardín. La vivienda de doce habitaciones, cada una con su baño propio, que había sido un elemento introducido al reformar el hotel, fue restaurada hacía unos ocho años. Los dueños habían decidido mantener la decoración original, mandando a restaurar los muebles y objetos que usaron las personas que habitaban la casa desde que esta se construyó a principios del siglo XVI.

Los chicos pensaron que era el lugar perfecto para pasar sus nuevas vacaciones.

REFLEXIONES

II

Eran aproximadamente las nueve, cuando decidieron marcharse a casa. La primera en coger su vehículo fue Alba, pues tenía su "kawa" aparcada delante de la terraza en la que estaban sentados. Se puso su chaqueta, su casco y arrancó. Las dos parejas habían dejado los coches en el aparcamiento del centro comercial.

En el coche de Jose, la pareja iba hablando de las vacaciones. Les hacía mucha ilusión irse los cinco a otra isla.

—Espero que nos lo pasemos igual de bien que el año pasado, pero sin que haya un asesino —se burló Lara— ¿te imaginas?

—Sería fantástico, pero dudo que cada vez que nos vayamos de vacaciones vayamos a vivir una aventura como aquella —Jose la devolvió a la realidad.

—Sí, tienes razón, pero nos lo pasaremos de maravilla de todas maneras. No te imaginas la de lugares interesantes e increíbles que hay en "la isla bonita". —Volvió la cabeza y miró por la ventana del copiloto, ya que, conducía Jose —. Cuando era pequeña iba todos los veranos a casa de mi tía Carmen. Me encantaba ir allí de vacaciones. Me llevaban a un montón de sitios que me gustaban mucho. De asadero al Refugio, a las piscinas de Los Sauces, a la playa de Puerto Naos —Lara recordaba aquellos años con nostalgia—. Siempre estaba con mis primos. Gerbrando es unos años mayor que yo y con Dayana me llevo un mes. ¿Sabes? — volvió a girar la cabeza hacia el chico —, tengo ganas de que los conozcas.

—¿Por qué dejaste de veranear allí? —preguntó Jose que se había percatado del sentimiento de nostalgia de la chica.

—Pues no lo sé, la verdad. Recuerdo que cuando cumplí los doce, la madre de una amiga me invitó en vacaciones a pasar una semana en su casa y decidí posponer mi viaje. Luego ella vino a mi casa a pasar otra semana y se unió otra compañera de clase y poco a poco empecé a querer estar más con mis amigas y prácticamente, puede decirse que me olvidé de ir. Si es que eso tiene algún sentido. —Y volvió mirar por la ventana con la mirada perdida.

—Lo tiene. Es una edad complicada, el paso de niña a preadolescente. Todos hemos pasados por algo similar.

Lara miró a Jose y le dedicó una pequeña y tierna sonrisa. Era tan comprensivo. Siempre sabía decir las palabras adecuadas, en el momento preciso.

Para David y Joana, eran sus primeras vacaciones oficiales. Durante el año habían aprovechado algunos fines de semana, días de fiesta, puentes, etc., para poder quedarse juntos en algún hotel o bungalow. Unas veces con sus amigos y otras, solos, pero nunca habían organizado algo así. Cuando terminó el curso, Joana, que era seis días mayor que David, iba a llamar a la empresa que el año pasado le había dado trabajo en el supermercado durante las vacaciones, pero David se negó. Le dijo que él tenía dinero de sobra, cosa de la que ella ya se había percatado. La chica insistió, alegando que él no podía pagarlo todo siempre, a lo que él le contestó que no lo haría si ella no estuviera estudiando. La chica acababa de terminar primero de magisterio con unas notas excelentes, así que se merecía unas buenas vacaciones. Al final tuvo que sucumbir a los encantos del muchacho.

—Espero que la semana pase rápido —rompió el silencio David.

—Yo también. Nunca he ido a La Palma.

—Yo he estado un par de veces, pero nunca he ido a la Bajada de la Virgen de las Nieves. Dicen que es una fiesta preciosa —dijo el chico.

—Mi hermana fue hace cinco años y dice que lo que más le gustó fue la danza de los enanos. Hacen funciones por las calles de la capital. Tiene que ser muy bonito.

—Recuerdo que la última vez que fui, hicimos una acampada en un sitio llamado... —David pensó unos segundos — ... ¡Barlovento! Es un lugar fabuloso y muy bien equipado. Podríamos proponérselo a los demás, hace tiempo que no voy de camping.

—¿Tu? —preguntó Joana—. Pues creo que la última vez que fui, tendría unos ochos años —se rio—. Imagínate, la caseta que tenemos en casa es de las triangulares, que llevaban las varas de hierro, para sujetarla.

—¿En serio? —se burló el chico—. Creo que ya ni se fabrican —y comenzaron los dos a reír a carcajadas.

Alba decidió que era temprano para llegar a casa, así que fue a dar una vuelta en moto. Iba pensando en Marcos. No sabía si había hecho lo correcto rompiendo con él.

Cuando el año anterior llegó de sus vacaciones en Valsequillo, el chico se había unido al grupo y ella no se sentía tan fuera de lugar como ahora. A pesar de la apariencia dura que mostraba y aunque nadie lo sospechara, tenía sentimientos como el resto. El último año había sido un poco difícil para ella. Cada vez que salían, era la única que estaba sola y alguna que otra vez, había sentido que estaba de más. Sus compañeros pensaban todo lo contrario. En ocasiones, Alba decidía no acompañarlos cuando quedaban para ir al cine o a cenar y estos, la echaban muchísimo de menos. Decían que no era lo mismo sin ella.

Comenzó a plantearse si había sido buena idea aceptar irse con ellos de vacaciones a otra isla. Se dio cuenta de que iba a pasarse casi tres semanas acompañada de dos parejas ¿lo aguantaría? Menos mal que había optado por llevarse su moto, así no sería tan duro. Cuando se desplazaran por la isla, no tendría que ir con ellos cuatro en el mismo coche y si en algún momento se sentía incómoda, solo tenía que montar en su "kawa", llenarle el depósito y evadirse un rato conduciendo. Pasada casi una hora comenzó a sentirse mejor. Estaba mucho más positiva. Se había obligado a creer, que serían unas vacaciones estupendas.

Jose conducía en dirección a la casa de Lara. Condujo muy despacio, pues no quería tener que despedirse de la chica tan pronto. Llegó hasta una preciosa casa terrera color ocre y ventanas de aluminio blanco. En la ventana de la cocina, estaban acostados Bora, Zafira, Cleo y Platón, los cuatro preciosos gatos de la chica, que levantaron la cabeza reconociendo el sonido del coche de Jose. Luego volvieron a acomodarse, pues de sobra sabían que su amada dueña tardaría un buen rato en entrar. El chico aparcó delante de la casa.

—¿De verdad tienes que irte ya? —dijo el joven poniendo una graciosa cara de pena.

—Sí. —La chica sonrió por la cómica cara de Jose —. Le prometí a mi madre que vendría temprano. Hace tiempo que no hacemos nada juntas y quiero ir con ella al cine. El viernes pasado estrenaron una película que ella quería ver.

—Bueno, tienes razón, creo que yo también iré a casa de mis padres. Desde que compré el piso aquí en Las Palmas, he subido poco a Valsequillo y al oírte decir que ibas a hacer algo con tu madre, de repente me han dado ganas de estar con los míos. Además, creo que hoy se quedaba a dormir mi sobrina —al chico se le iluminó la cara, pues adoraba a la niña—, así la veo.

—Me parece bien —le sonrió—. Saluda a tus padres de mi parte. Diles que subiré pronto a verlos.

—Podríamos ir a comer el domingo, mi madre me lo dice a cada momento.

—Con una condición —le dijo muy seria.

—¿Cuál? —preguntó el chico con curiosidad.

—Que me haga croquetas —sonrió—. Nadie las hace como ella.

—¡Hecho! —el chico se echó a reír.

Después de un beso de despedida y una tierna mirada por parte de los dos, Lara se bajó de la furgoneta y se dirigió a su casa. Tenía muchas ganas de pasar la noche con su madre. Su padre tenía guardia en el hospital, era pediatra.

David y Joana se dirigían al gimnasio. A los chicos les encantaba bailar y habían decidido asistir a las clases de salsa que impartía el recinto deportivo que estaba al lado de casa de Joana. Cuando comenzaron, David estuvo tentado a abandonar unas cuantas veces, pues la chica a cada momento se enfadaba. Si la profesora, una chica cubana bastante atractiva, escogía a David como ayudante para mostrar un nuevo paso o cuando alguna compañera se acercaba a hablar con él o le sonreía o le miraba, en fin, que al principio siempre estaba enfadada. Poco a poco se fue dando cuenta de que sus celos eran tontos y cogió confianza en sí misma. Desde ahí todo había ido como la seda.

Joana era una chica de complexión normal, con un prominente busto. Tenía unos almendrados y enormes ojos castaños y una media melena ondulada color azabache. Cuando sonreía, sus rosados y carnosos labios dejaban ver una dentadura blanquecina, con las paletas ligeramente montadas, lo que le daba un toque personal a su bonita sonrisa

Alba volvió a casa después de su paseo, con la idea de meterse en su habitación a escuchar música y conectarse a internet. Nada más entrar por la puerta se abalanzaron sobre ella Donna y Rocco, su preciosa pareja de Boxers. El año anterior los había visto en una página de una protectora de animales, diciendo que los habían abandonado y buscaban hogar. No pudo resistirse. Rocco era de color leonado, con el hocico negro y el pecho y una de las patas delanteras de color blanco. Donna era atigrada con el hocico negro y el pecho y una mancha alrededor del cuello también blanco. Alba adoraba a sus dos cariñosos perros, al igual que ellos la adoraban a ella.

Su padre y sus dos hermanos mayores estaban viendo el partido de Ghana-Alemania del mundial 2010. La chica se había olvidado por completo. Corriendo se sentó, estaba empezando la segunda parte.

Se quedó con ellos en el salón viendo los comentarios posteriores al partido y debatiendo sobre el mundial. Uno de sus hermanos propuso encargar un par de pizzas y jugar al monopoly, lo que a todos les pareció un plan estupendo. Su madre se encontraba en su dormitorio con una novela entre las manos.

Había recuperado su humor habitual.

PREPARANDO EL VIAJE

III

Al día siguiente, a las ocho de la mañana, Lara se despertó con ganas de hacer los preparativos para las vacaciones. Estaban a jueves y habían reservado los billetes para el martes de la semana siguiente. La chica estaba histérica. No hacía más que darle vueltas a la cabeza. Estaba convencida de que no tendría tiempo para prepararlo todo. Sin pensárselo dos veces, descolgó su teléfono rojo en forma de zapato de tacón y llamó a Joana, pues sabía que necesitaría su ayuda para convencer a Alba del plan que tenía pensado para aquel día.

—...si —Joana contestó media dormida.

—Joa, soy Lara.

—¿Lara? —preguntó sorprendida mientras levantaba ligeramente la cabeza de la almohada, para ver la hora en su despertador colocado sobre la mesilla de noche—. Son las ocho y cuarto.

—Sí...ya lo sé. —Se dio cuenta de lo que acababa de hacer —. Si quieres te llamo más tarde.

—No, no, dime. ¿Ha pasado algo? —le preguntó.

—No, simplemente estaba pensando que nos vamos el martes y todavía hay muchas cosas que tenemos que preparar.

Joana se echó a reír. Ya estaba la apurada de Lara con los preparativos.

—¿De qué te ríes?

—Es que David ya me había advertido de esto y al recordarlo me hizo gracia.

—Te había advertido ¿de qué? —preguntó un poco molesta.

—De que te ibas a estresar para los preparativos del viaje —le dijo divertida.

—No estoy estresada —mintió Lara—. Es solo que se me había ocurrido que podríamos pasar un día de chicas. Podríamos quedar las tres e irnos de compras a algún centro comercial.

—Pues me parece muy buena idea. —Joana adoraba ir de compras tanto, como su amiga.

—Sé que Alba, a pesar de su apariencia arisca de que todo le da igual, se siente incómoda muchas veces por tener que estar siempre con nosotros cuatro. Así que he pensado que, si salimos solas, ella estará más a gusto.

—Creo que tienes razón —la apoyó la chica—. Pero ¿Alba de compras?

—Sí, ya había pensado en eso. Tenemos que quedar con ella sin decirle para qué y ya allí, la convencemos.

—Vale, entonces ¿a qué hora quedamos?

Alba odiaba ir a comprar. Toda la ropa que tenía se la encargaba a su madre. Le decía lo que necesitaba y la talla que estaba llevando en ese momento y esta le traía lo que le hacía falta. La chica no soportaba ir de tienda en tienda mirando por los percheros, haciendo cola en los probadores, probarse las prendas, volver a hacer cola para pagar y finalmente, estar cargando con bolsas.

Llamaron a Alba y le dijeron que irían las tres solas a pasar el día a un centro comercial. A la joven le hizo bastante ilusión, aunque no dejó que sus amigas lo notasen. Quedaron en pasar a buscarla a las diez y media.

Alba puso el despertador para las nueve, aunque finalmente se levantó a las nueve y media a las carreras. Se duchó, se vistió y llevó de paseo a los perros al parque. No desayunó, pues de sobra sabía que la glotona de Lara, aunque hubiese desayunado volvería a hacerlo nada más llegar al centro comercial.

Sobre las diez y cuarto Lara pasó a recoger a Joana, porque, aunque vivía más lejos de ella que Alba, sabía que su amiga no estaría lista a tiempo. Cuando llegó a casa de Alba y tocó el claxon, esta tardó un cuarto de hora más, como no. Lara, en ocasiones pensaba que lo hacía por fastidiar. Joana estaba sentada en el asiento del copiloto. Alba se subió en el asiento de atrás. Ella lo prefería, así se tumbaba y subía los pies al sillón, a pesar de que Lara le decía siempre que no lo hiciera.

—Buenas —saludó la chica a sus amigas.

—Buenos días —le dijeron las chicas con una picarona sonrisa en los labios.

—¿Qué haremos? —preguntó.

—Iremos a un centro comercial. —Lara arrancó, antes de seguir contándole los planes, por si decidía no ir—, desayunaremos y... ¡haremos las compras para el viaje! —Las dos chicas comenzaron a reírse de la cara que se le quedó a su amiga.

—Pshh ¿lo estáis diciendo en serio? —preguntó muy seria.

—Siii. —Siguieron riendo.

—No me puedo creer que me hayáis hecho venir para...comprar.

—Venga Alba —Joana se giró en su asiento para hablar con ella—, no te pongas así. Estamos las tres juntas, lo pasaremos bien. —Y le puso una simpática sonrisilla que hizo que Alba no pudiera evitar reírse.

—No puedo con vosotras —ya no estaba enfadada —, pues nada, a comprar —se resignó.

—¡Esa es mi chica! —Lara la miró por el retrovisor y le guiñó un ojo.

Llegaron al centro comercial y fueron directas a desayunar. Alba y Joana no habían probado bocado, sabían, que sería lo primero que propondría Lara nada más llegar, a pesar de que ella ya habría desayunado. Fueron a una cafetería y estuvieron hablando del viaje. Joana les comentó a las jóvenes que David le había dicho que había un lugar estupendo para hacer acampadas y a las chicas les pareció una idea fantástica. Por su puesto, Lara se estresó más de lo que ya estaba e hizo los planes para el día siguiente ir a comprar las cosas que necesitarían para la acampada a una macro tienda especializada en deportes, que había cerca de su casa.

Cuando terminaron de desayunar comenzaron su ruta por las tiendas. Alba iba un poco obligada al principio, pero después de la tercera tienda, se sorprendió a sí misma disfrutando del día de compras con sus amigas como cualquier otra chica normal de su edad.

Pasaron una mañana muy entretenida y la gruñona, tuvo que reconocer que había sido una maravillosa idea. Hacía mucho tiempo que no se lo pasaba tan bien. A media mañana, pasaron por una heladería, se miraron y sin mediar palabra se dirigieron a las neveras para elegir cada una su helado. Alba, como siempre se decantó por el de turrón, Joana por el de sandía y Lara decidió pedir una granizada de fresa.

Cuando se alejaban de la heladería, Lara, que llevaba el vaso de granizada en una mano y la cañita, metida en su envoltorio de papel en la otra, no se le ocurrió otra cosa que abrir el envoltorio de la cañita sin pensárselo y soltó el vaso con la granizada, que fue a parar al suelo. La chica se puso roja como un tomate, pero nadie se había dado cuenta de lo que había hecho, hasta que sus dos amigas empezaron a reír a carcajadas. Las miró muy seria y esa cara hizo que las dos jóvenes rieran aún más. Lara dio media vuelta y se dirigió a la heladería para comprarse otra granizada. Esta vez sacó la cañita del envoltorio, antes de coger el vaso del mostrador. Cuando llegó a donde estaban sus amigas, estas todavía se reían por el incidente. La chica no tuvo más remedio que admitir que lo que le había sucedido tenía bastante gracia y se marcharon riéndose las tres.

Entraron a todas las tiendas y se probaron cientos de prendas. A la hora del medio día, estaban cargadas de bolsas. Ropa, zapatos, bolsos, etc. Decidieron llevar todas las bolsas al coche y se dirigieron a elegir un sitio para almorzar. Dieron un paseo y después de debatir durante casi media hora, decidieron ir a donde siempre.

Durante la comida, Lara sacó una de sus ya famosas libretas y Alba y Joana se miraron con resignación. Sin mediar palabra comenzó a hacer una lista con todo lo que tenían que comprar para la acampada.

Cuando acabaron de almorzar Lara propuso ir al salón de belleza al que solía acudir. Alba no es que diera saltos de alegría, pero no se negó.

Lara se cortó un poco el pelo y se dio un tratamiento de queratina para mantener el cabello sedoso y brillante.

Joana decidió que había llegado la hora de probar cómo le quedaría el flequillo. Siguió el consejo de Lara y decidió darse también el tratamiento de queratina.

Alba decidió hacerse algo un poco más radical, así que cambió su pelo de color castaño y se dio un tinte de un rojo muy llamativo. Sus amigas de sobra sabían, que como todos los colores que la chica había usado, le quedaría de maravilla.

En efecto, así era.

Terminaron el "día de chicas" sobre las cinco y media, porque David y Jose no dejaban de llamarlas. Lara llevó a sus amigas, cada una a su casa. Habían decidido cenar los cinco, esa noche en casa de Jose.

Alba, nada más llegar a casa subió a su dormitorio, se puso un bikini, cogió una toalla de playa, sus gafas de sol y su ipod y se dirigió a la azotea a tostarse durante un rato. Cuando iba subiendo la escalera, recordó que le faltaba algo. Giró sobre sus pies, se introdujo dos dedos en la boca y silbó. Al instante se oyó un estruendo que se acercaba hasta donde ella estaba. Se notaban las vibraciones en la escalera y de repente aparecieron Rocco y Donna. Se detuvieron al llegar a la puerta, se sentaron y miraron con desesperación a su dueña para que les abriera. Ella los miró divertida. Abrió la puerta y entraron los tres. La preciosa pareja de bóxer no dejaba de correr y saltar de un lado a otro de la azotea. Alba se dirigió a un cuarto que allí había y sacó un par de juguetes para perro, un cepillo y dos toallas viejas. Cogió la manguera y al instante sus mascotas se pararon ante ella, con la cabeza ladeada. La chica abrió la llave del agua y comenzó a mojar a Rocco y a Donna que estaban eufóricos. Después de un rato jugando con ellos, los secó y agotados, se echaron a la sombra. La chica colocó su toalla en una de las hamacas que había en la azotea, se puso bastante protector, conectó su ipod y se pasó cerca de una hora dorándose al sol.

Decidió que saldría un poco antes e iría a comprar el postre. Se dirigió al barrio de Las Torres. Se detuvo al llegar a su panadería favorita, que hacía unas galletas caseras de ensueño. Las tenían de decenas de sabores y Alba los había probado prácticamente todos. Entró y sonó el timbre. Al instante salió un hombre de unos treinta y seis o treinta y siete años. No era muy alto, de complexión robusta y cabeza rapada. Al ver a la chica se le dibujó una gran sonrisa. Alba era una clienta habitual.

—Buenas tardes, señorita —saludó en un tono simpático.

—Buenas —contestó la chica.

—¿Cuántos paquetes de galletas vienes a buscar hoy? —se rio.

Alba comenzó a reír. Abraham, el dependiente, era una de esas personas que nacen con el don de la simpatía. La chica lo había conocido hacía seis o siete meses. Él estaba en un puesto del mercadillo, que ponían en el barrio de Vegueta los domingos, detrás de La Catedral. La chica había ido con su madre y sus hermanos y se había parado, como no, en el puesto de las galletas. Comenzó a hablar con el simpático dependiente y estuvieron casi dos horas bromeando. Ella le preguntó que donde podía conseguir las deliciosas galletas artesanas y él le dio la dirección de la panadería en la que trabajaba. A partir de aquel día, la muchacha iba a comprar una o dos veces por semana. Aquel día decidió llevarse dos paquetes de galletas de chocolate, uno de gofio y otro de almendra.

Habían quedado sobre las nueve en casa de Jose. David y Joana, como siempre llegaron media hora tarde.

—Menos mal —les reprendió Lara cuando entraron por la puerta de la casa de su novio.

—Lo siento —se disculpó David.

—No te preocupes, estamos acostumbrados a que lleguéis tarde. —Alba solía ser bastante sincera, lo que en alguna ocasión le había ocasionado algún problemilla.

—Bien, ahora que ya estamos todos, decidme ¿qué comemos? —preguntó Jose.

—No sé —David se quedó pensativo.

—Podríamos pedir comida china —propuso Joana.

Todos estuvieron de acuerdo. Llamaron y encargaron la comida. Mientras, se sentaron en el salón y salió, como no, el tema de las vacaciones.

—David —comenzó Lara—. Joana nos ha dicho que querías hacer una acampada.

—Sí. —Al chico se le dibujó una sonrisa en el rostro —. Hay un sitio para acampar en Barlovento que está muy bien preparado. Había pensado que como nos vamos bastante tiempo podíamos hacer una pequeña acampada.

—Me gusta la idea —dijo Jose.

—Y a mí —lo apoyó Alba—. Recuerdo que cuando era más pequeña, todos los años nos íbamos de camping a

Tamadaba, mis padres, mis hermanos, mis tíos, mis primos...recuerdo que éramos cerca de veinte personas.

—Pues no se hable más, cuando lleguemos al hotel, preguntaremos donde se piden los permisos. Habiendo fiesta en la capital, no creo que vaya a haber mucha gente de acampada —dijo Joana.

—Bien, pues mañana iremos a comprar las cosas que nos hagan falta, porque yo por lo menos, no tengo tienda de campaña. —Lara sacó la lista que había hecho aquel día—. Esta es una pequeña lista que he hecho, de las cosas que deberíamos comprar.

—¿Pequeña? —preguntó Alba —. Nos vamos de acampada no a una isla desierta.

Todos comenzaron a reír.

—Muy graciosa —le contestó su amiga— solo he apuntado lo indispensable.

Después de revisar la lista entre todos, decidieron que solo necesitarían la mitad de las cosas, que la exagerada de Lara había apuntado.

Pasaron una noche entretenida hablando de las vacaciones, comiendo comida china, las deliciosas galleas que había traído Alba y jugando a juegos de mesa.

Al día siguiente quedaron para ir a comprar.

Nada más llegar, se dirigieron a la sección de senderismo, en la que podían adquirir todo lo necesario para ir de acampada. Lo que más le gustó a Alba, fue la tienda de campaña que para montarla solo había que sacarla de su funda, soltarla y en un momento, se montaba sola. Luego solo había que anclarla al suelo, en el caso de que hiciera viento, si no, no era necesario. Los chicos escogieron tres de estas estupendas tiendas de campaña.

Luego, decidieron mirar los colchones para las tiendas y se decantaron por el que les pareció más confortable. Continuaron con los sacos de dormir y cada uno eligió uno diferente. Las únicas que coincidieron fueron Lara y Joana, que eligieron el mismo modelo, Lara de color celeste y Joana de color malva. Compraron un par de cosas más para la acampada y se marcharon.

El sábado Lara y Joana ya tenían preparadas las maletas, a excepción del bolso de los utensilios de aseo. Las chicas se habían puesto de acuerdo para llevar cada una, una cosa y compartirlo, si no, en un simple bolso, no hubiese cabido todo.

Como ya habían hecho todas las compras necesarias para el viaje, el sábado decidieron ir a la playa de Las Canteras. Había mucha gente que no apreciaba, el tener una de las mejores playas de Europa en su ciudad y un clima casi perfecto durante todo el año, pero los chicos si lo hacían, así que siempre que podían decidían ir a aquella playa que estaba a tan solo diez minutos en coche de sus casas.

Pasaron un día ameno, en el que salió el tema de las vacaciones en un sinfín de ocasiones, pero es que los chicos no se cansaban de hacer planes.

El domingo Lara y Jose fueron a comer a casa de los padres de él, en el precioso pueblo de Valsequillo. La madre, complació a la chica haciéndole la comida que le gustaba. A sus padres les encantaba que los jóvenes vinieran de visita. Jose era el pequeño de dos hermanos y a su madre le había quedado la espinita de no haber traído una niña al mundo, aunque tenía el consuelo de que su hijo mayor y su nuera le habían dado una preciosa nieta, Lía.

El resto de la semana transcurrió bastante rápido y todos menos Alba, como no, habían terminado de hacer su equipaje el domingo. Esta vez, después de la experiencia vivida el año anterior, terminó de hacer las maletas a lo largo del lunes, poco a poco y sin cansarse demasiado. Acabó cerca de las dos de la mañana.

EL VIAJE

IV

Por fin llegó el día que tanto ansiaban. Sobre las dos y media, Jose pasó a buscar a Lara. Fueron por casa de Alba para coger su equipaje, pues en la moto difícilmente podría llevarlo y se encaminaron los tres, hacia la casa de David, donde él y Joana, estaban sacando el equipaje de la joven del coche del chico.

El trayecto se les hizo bastante corto, a pesar de que el camino era de aproximadamente una hora. Cuando llegaron al muelle, se colocaron en la cola de coches que había para embarcar. Había más de los que ellos pensaban, así que les tocó subir al barco casi los últimos.

Cuando hubieron aparcado la furgoneta y la moto, donde les habían indicado, se dirigieron a las escaleras para subir a la planta superior. En el barco, se pasaron casi todo el trayecto en cubierta. El único que mareó fue David, que iba acostado en uno de los bancos mientras sus amigos conversaban y reían asomados a la barandilla. De vez en cuando Joana se le acercaba para comprobar como estaba, pero el chico le decía que no se preocupase, que fuera con los demás.

Las vistas desde allí, en medio del océano, eran espectaculares. Los cuatro miraban fijamente al mar, con la esperanza de ver algún animal marino. Lara era una fanática de la vida marina desde muy niña. De pequeña llenó cientos de cuadernos con especies acuáticas diferentes, su descripción y sus correspondientes dibujos. Llevaba coleccionando desde hacía ya muchos años decenas de enciclopedias, videos, etc., de la fauna marina y aquel año, por fin cumpliría uno de sus sueños, ya que se había decidido a estudiar Ciencias del mar.

28

No vieron absolutamente nada.

Alba, por un instante se evadió de la conversación. Se encontraba con la mirada perdida hacia el horizonte mientras el viento agitaba el pelo rojo de su coleta. Entonces Marcos evocó a su mente. No dejaba de pensar, que aquellas vacaciones hubieran sido totalmente diferentes si él los hubiese acompañado. Por lo menos no hubiese tenido ese sentimiento de soledad, que ahora mismo, a pesar de estar totalmente integrada en la conversación con sus amigos, la envolvía. No quería que los chicos se dieran cuenta de su estado de ánimo repentino, así que se excusó diciendo que necesitaba ir al servicio, lo que no fue tan buena idea como ella pensaba, pues Lara y Joana, se apuntaron. Las dos chicas se habían propuesto no dejarla sola. Sabían, aunque ella intentaba ocultarlo, cómo se sentía.

Cuando entraban, Alba iba distraía mirando a hacia atrás y se chocó con un muchacho. Su casco cayó al suelo. Volvió rápidamente la cabeza y vio a un chico, poco mayor que ella. No era muy alto, delgado y de blanca piel. Llevaba el pelo totalmente despeinado, pero no del viento del exterior, se notaba que era su estilo. No era un joven despampanante, pero le pareció muy atractivo. Él pensó que era la chica más bonita que había visto nunca y cuando se fijó en la chaqueta de motorista y el casco, quedó prendado "guapa y motera", aunque lo que sucedió a continuación, rompió el encanto del momento.

—A ver si miras por dónde vas —dijo la chica con cara de pocos amigos.

—¿Perdón? —respondió el chico que no se lo podía creer—. Ha sido culpa tuya, no mía. Eras tú quien iba mirando para atrás.

—Pues si me viste haberte apartado.

Joana y Lara no daban crédito a lo que estaba ocurriendo.

—Perdona que te lo diga, pero creo que deberías controlar tu carácter, —El muchacho diciendo esto muy serio, se marchó. Sus amigas no quisieron decir nada de lo ocurrido. Sabían el motivo de por qué la chica estaba tan irritable.

Atracaron en Santa Cruz de Tenerife sobre las cinco y diez y a las cinco y media ya estaban camino de Los Cristianos, para coger el siguiente barco.

Llegaron con bastante tiempo, así que pararon en una cafetería cercana para tomarse algo. El local era pequeño, pero con una gran cristalera que lo hacía muy luminoso. Entraron todos menos Jose, que dijo que iba a comprar a la farmacia que estaba enfrente. Se dirigieron a una mesa de seis que había en una esquina, al lado del cristal. Alba no quería perder su moto de vista. David se encontraba mucho mejor, pero iba pensando en que el trayecto que le esperaba sería aún mayor. Una joven camarera se dirigía hacia ellos cuando Jose entró por la puerta. La chica, cuando pasó por su lado le dedicó una picarona sonrisa. El chico se acercó hasta la mesa donde estaban sus compañeros siguiendo a la muchacha, la cual no dejaba de sonreír y mirar al joven de reojo. Cuando la camarera se detuvo y sacó el bloc para tomarles notas, su cara se descuadró al ver que el atractivo muchacho que acababa de entrar se sentaba al lado de su novia y le daba un beso. A Lara aquel gesto por parte Jose le agradó mucho, aunque el chico no se había dado cuenta en ningún momento del comportamiento de la camarera.

—Toma David— dijo Jose poniendo encima de la mesa una bolsa de la farmacia, cuando la camarera su hubo marchado.

—¿Qué es? —frunció el ceño extrañado y sacó la caja que había en la bolsa —. ¡Pastillas para el mareo! Gracias Jose, te debo una. —Sacó una cápsula y la guardó en la mano, ansioso porque llegara su bebida.

Estaban tomándose sus respectivas bebidas, entre risas y planes para las vacaciones, cuando Alba levantó la vista y ante sus ojos apareció el joven con el que había discutido en el barco.

—No me lo puedo creer —interrumpió la conversación. Sus amigos dirigieron la mirada hacia donde Alba estaba mirando.

—Parece que compartiremos barco de nuevo— dijo Joana con sorna.

—Pues qué bien —añadió la chica irónicamente—. Espero no encontrármelo.

—¿Quién es? —preguntó David.

—Pues... alguien con quién Alba tuvo un pequeño percance, cuando veníamos de Las Palmas.

—¿Te hizo algo? —preguntó Jose en tono protector.

—No —contestó—. Simplemente, es idiota.

—Como te pasas Alba —dijo Joana—, fue una tontería.

—Sí —corroboró Lara—. Además, tienes que reconocer, que te pusiste un poco borde.

—Estupendo, defendedlo —cogió su casco y se levantó—. Os espero en la cola. —Y diciendo esto se marchó.

Sus amigos no intentaron persuadirla, de sobra sabían que sería inútil.

Los chicos terminaron de tomarse sus respectivas bebidas, en silencio, pagaron y se marcharon. Se sentían fatal por Alba. Todos sabían lo incómodo que era aquel viaje para ella, aunque intentara disimularlo. Los cuatro amigos estaban de acuerdo en que, si la chica no fuera tan cabezota, sería más fácil ayudarla o por lo menos, consolarla. Pero Alba nunca dejaba que sus sentimientos saliesen a la luz. Siempre intentando aparentar que estaba bien delante de los demás, pero las noches en soledad eran muy diferentes. Los jóvenes decidieron en el coche de camino al barco, que debían de hacer algo por su amiga, por muy arisca o borde que ésta fuera.

31

Cuando ya hubieron embarcado, su primer objetivo fue encontrar a Alba, pero parecía que se la había tragado la tierra ¿Habría decidido dar media vuelta? Los chicos sabían que era perfectamente capaz de haberlo hecho, pero intentaron mantener la esperanza. Salieron a la cubierta y se sentaron en un banco. Los bancos del barco eran dobles, es decir que el mismo respaldo servía para dos asientos, hacia un lado y hacia el otro. Se sentaron en uno de los asientos, donde cabían perfectamente los cuatro, sin percatarse, de que, en el otro lado, sentada en el suelo, apoyada de espaldas a ellos, estaba su amiga.

—No me puedo creer que se haya marchado —dijo disgustado David.

—¿Alguien se fijó si su moto estaba abajo? —preguntó Joana.

Todos negaron con la cabeza.

—Pues esto no va a ser lo mismo sin ella. —Lara estaba muy apenada.

—Lo sé. —David había entrelazado los dedos, había apoyado sus codos en los muslos y miraba hacia el suelo.

—¡No me puedo creer que sea tan cabezota y orgullosa! —exclamó Lara poniéndose en pie— ¿Por qué no puede ser como las personas normales y llorar para desahogarse, como todo el mundo? —la chica había comenzado a llorar. De repente, las vacaciones ya no eran tan maravillosas.

—Lara —Jose le agarró la mano y la volvió a sentar a su lado, le puso el brazo por encima y le dio un cálido beso en la mejilla—, tranquilízate.

—Chicos —dijo Joana —, vamos a seguir buscándola y en el caso de que no la encontremos, la llamamos nada más bajar del barco, porque ahora no tenemos cobertura y si ha regresado a casa, pues nos vamos. Yo por lo menos no me siento bien si ella no está, me falta algo.

Todos estuvieron de acuerdo. De repente oyeron detrás de ellos unos sollozos de llanto, se giraron y encontraron a

Alba de pie, mirándolos, con la máscara de pestañas corrida alrededor de los ojos por las lágrimas. Ninguno supo que decir, ni que hacer, se quedaron inmóviles.

—¿De verdad ibais a regresar, si yo me había marchado? — preguntó entrecortadamente.

Sin mediar palabra los cuatro se levantaron y corrieron hacia ella dándole un fuerte abrazo. Lara y Alba empezaron a llorar con más intensidad.

—Lo siento —dijoAlba, intentando calmarse—. He sido un estúpida. Pensaba que estorbaba, que estaba de más, pero ahora me doy cuenta de que estaba equivocada.

—Bueno —a David también se le había saltado alguna lagrimilla, aunque intentaba disimularlo—, vamos a dejarnos de disculpas y sigamos con nuestros planes.

Todos sonrieron y se miraron, aprobando la propuesta de su amigo.

Alba se había dado cuenta de algo muy importante. No estaba sola. Tenía cuatro amigos fieles que iban a quedarse sin vacaciones porque no querían veranear sin ella. La chica, hasta hacía una hora, habría jurado que estaba de más. Pensaba que, si estaba en aquel barco rumbo a La Palma, era única y exclusivamente porque sus amigos sentían lástima por ella. Su humor cambió y decidió que se comportaría de manera más civilizada, por lo menos con ellos. Esperaba no tener que encontrarse a aquel muchacho de nuevo en aquella travesía.

Lara propuso que había llegado la hora de comer algo, así que se dirigieron al interior y buscaron asientos libres. Encontraron cinco asientos seguidos al lado de la cafetería. La chica abrió el gran bolso que llevaba Jose, con la comida y sacó una fiambrera llena de sándwiches. Fue preguntando uno por uno, para ver de qué lo querían. Luego abrió una nevera de un tamaño mediano con las bebidas y repitió la acción anterior, para darle a cada uno lo que le apeteciera. A Alba no le apetecía nada de lo que había en aquella nevera de color rojo, así que les dijo a sus compañeros que iba a comprarse un zumo a la cafetería. Se colocó en un lateral de la caja, apoyando un codo en la barra y levantando la otra mano, para que cuando empezase a hablar, el camarero que estaba de espaldas a ella, colocando unos refrescos en la nevera, se diese la vuelta, supiera quién le estaba hablando.

—¡Me deja un zumo de manzana! —al otro lado de la caja, a menos de un metro, se oyó decir exactamente lo mismo, que había dicho ella, pero no podía ver quién era, así que dobló la espalda hacia atrás para asomarse y sus ojos no dieron crédito a lo que vieron.

¡Era el chico del incidente!

Los dos pusieron los ojos en blanco, levantando la cabeza hacia el techo, no se lo podían creer. El camarero se sobresaltó al oír a los dos chicos a la vez y se puso detrás de la caja, en medio de los dos. Se quedó mirando a uno y a otro, a ver a quién atendía primero.

—La chica. —El muchacho balanceó la mano, señalando a Alba.

—No, él va primero —contestó sin ni siquiera mirarlo.

—No te preocupes —dijo con sarcasmo—, no tengo prisa.

—Pues yo tampoco, así que pide tú.

—Perdón —los interrumpió el camarero— ¿Serían tan amables de decirme quién va? —preguntó intentando ser amable, aunque su voz mostraba frustración por la situación.

—Se me han quitado las ganas de tomarme nada. —Se detuvo delante del muchacho antes de marcharse, lo miró de arriba abajo muy seria, con sus enormes ojos verdes y una mano en la cintura y se marchó.

El chico no podía creer que nadie tuviera tan mal carácter. Giró sobre sus pies observando cómo se marchaba la chica. Estaba indignado. Se dio la vuelta y le dijo al camarero que tampoco quería nada. Este encolerizó. El muchacho se fue pensando en Alba. A pesar de que era la joven más borde que había conocido nunca, no pudo evitar sentirse atraído por aquella chica que parecía vivir malhumorada con la humanidad. Se preguntó si se sería siempre así.

Alba llegó hasta sus compañeros, los cuales la vieron aparecer sin el zumo y con cara de pocos amigos y prefirieron no preguntar. No había que ser muy listo para adivinar con quién se había cruzado. Sobre la marcha la introdujeron en la conversación, pidiéndole su opinión, sobre todo, para que se olvidara de lo que le hubiera pasado. Esta sin darse cuenta de sus intenciones, se fue integrando en el diálogo hasta que olvidó al atractivo chico de pelo alborotado.

LA MANSIÓN

V

Sobre las nueve y media, atracaron en Sta. Cruz de La Palma. Estaban rendidos por el viaje y todavía les quedaba llegar al hotel. Tardaron aproximadamente cuarenta y cinco minutos, a pesar de que se tardaba la mitad de tiempo. Los chicos llegaron al municipio en veinte minutos más o menos, pero encontrar el hotel no fue tarea fácil. Estuvieron dando vueltas hasta que un muchacho les dio unas indicaciones para llegar. Se desviaron por el sendero que les había indicado el amable joven y después de unos diez minutos conduciendo por una carretera que atravesaba un frondoso pinar, encontraron de frente su destino. En medio de un precioso jardín se levantaba una mansión de piedra de estilo plateresco. Las grandes puertas de tosca madera, abiertas de par en par, al igual que las ventanas, estaban perfectamente conservadas. Parecía que los chicos se hubieran trasladado en el tiempo, pero al girar a la izquierda encontraron el aparcamiento y desapareció parte de la magia. Jose y Alba detuvieron sus respectivos vehículos uno al lado del otro.

Lara y Joana se dirigieron a la puerta principal y subieron unas preciosas escaleras de piedra gris. Al entrar, quedaron ensimismadas por lo que apareció ante sus ojos. La decoración era espectacular y la lámpara de araña que colgaba del techo proporcionaba una luz ideal para aquel ambiente. Las chicas se miraron y sonrieron encantadas.

Tras un bonito mueble del s.XVI, que hacía la vez de mostrador de la recepción, se hallaba una señora de unos cuarenta años con la cabeza gacha, leyendo una revista. Era una mujer de complexión normal, con el cabello corto, liso y rubio y unos enormes ojos de color turquesa. Cuando la mujer se percató de la presencia de las dos muchachas, levantó la cabeza, cerró la revista y les dedicó una amable y preciosa sonrisa.

—¿Sois los cinco chicos que venís de Las Palmas? —preguntó.

—Sí —respondió Lara—. Habíamos reservado tres habitaciones.

A pesar de la insistencia de sus amigos por coger solo dos habitaciones, para Lara y Joana poder quedarse con Alba y que esta, no pasara las noches sola, la chica se había negado hasta la saciedad.

—Me llamo Paloma, soy la dueña del hotel —dijo mientras les daba las llaves de las habitaciones cuando terminaron de registrarse—. Normalmente la cena se sirve de ocho a diez, pero como sois los únicos huéspedes del hotel, su cara reflejó una mueca de tristeza y además da la casualidad de que mi hijo Saúl también acaba de llegar de Las Palmas, serviremos la cena en media hora. Seguramente vendríais con él en el barco.

—¿Su hijo vive en Las Palmas? —preguntó Lara.

—Si, está estudiando educación física y viene en verano a ayudarme en el hotel, aunque este año, no creo que necesite mucha ayuda. —Miró a su alrededor con la misma cara de tristeza de antes—. Tiene más o menos vuestra edad, lo conoceréis en la cena —volvió a sonreír—. Normalmente suelo estar aquí, en el hotel, pero si algún día me necesitáis, vivo en la casa que hay a la entrada (una pequeña construcción de la misma época y estilo, que en su origen había servido de vivienda para el servicio)

A pesar de su edad y de tener unos kilitos de más, Paloma era una mujer muy guapa. A primera vista parecía ser una persona encantadora, abierta y divertida. A las chicas les causó muy buena impresión.

—¿Has oído lo de "Saúl"? —preguntó Lara con una sonrisilla de camino al aparcamiento.

—Sí, a lo mejor hace buenas migas con Alba —Joana le devolvió la sonrisa—. Esperemos que no sea feo, aunque viendo a la madre, lo dudo.

—Sí, yo también ¿Te has fijado en sus ojos? Son espectaculares.

Los chicos estaban sacando las maletas de la furgoneta cuando apareció un señor de unos treinta y ocho o cuarenta años con un carrito para el equipaje. Les dijo que no se preocuparan, que él les llevaría las maletas. Fueron siguiendo al hombre, que subió por una rampa que se encontraba en un lateral de las escaleras de la entrada. Seguramente modificaciones que había tenido que hacer la dueña, para que el hotel fuera apto también para personas discapacitadas. Ya en el vestíbulo, el resto del grupo conoció a Paloma. El mozo subió el carrito a un ascensor que estaba al lado de la recepción y la atractiva mujer, acompañó a los chicos por las escaleras hasta sus habitaciones. Los cinco iban sin mediar palabra, admirando el maravilloso pasillo y sus cuadros. Se detuvieron más o menos a la mitad de dicho pasillo, donde los estaba esperando el mozo con las maletas y Paloma les indicó sus habitaciones. Los chicos abrieron sus respectivos aposentos y cogieron las maletas, dándole al hombre una generosa propina.

Entraron juntos a las habitaciones y quedaron boquiabiertos. Parecía que se encontraban en algún castillo antiguo, de los que habían visto en las películas. Todo, absolutamente todo, era perfecto. Los muebles, las paredes, las cortinas, los cuadros, etc.

Después de recorrer las tres habitaciones, con sus respectivos baños y de alucinar con cada una, más que con la anterior, decidieron bajar a cenar. Alba les dijo que fueran bajando, que ella necesitaba darse una ducha y cambiarse de ropa, ya que, apestaba a gasolina por el humo de la moto. Sus amigos obedecieron y decidieron esperarla en el

38

comedor. Bajaron al vestíbulo donde Paloma los estaba esperando.

—¿Y vuestra amiga? —preguntó.

—Quiere cambiarse antes de bajar a cenar —contestó David—. Venía en moto y su ropa apesta.

—¡Ah! Pues la esperaremos —dijo la amable señora.

—No hace falta, no creo que vaya a perderse, podemos esperarla en el comedor. —Lara sabía que Alba aún tardaría un poco.

A la derecha de la recepción, pasando el ascensor, había una puerta de doble hoja abierta de par en par. Entraron y vieron una sala que se dividía en dos ambientes. A la izquierda se encontraba el comedor, con una mesa alargada y cuatro redondas. En el lateral derecho, se encontraban unos sillones un secreter, un par de mesitas auxiliares y un fabuloso piano de cola. Los dos ambientes estaban separados por una preciosa y enorme chimenea, situada frente a la puerta. Toda la estancia estaba decorada en su parte superior por cuadros enormes que mostraban retratos individuales de personas que seguramente habían habitado aquella casa.

La única mesa que estaba preparada era la rectangular. Paloma los guio hasta ella y los chicos contaron nueve comensales.

—Espero que no os importe que os hayamos puesto con nosotros.

—¡Claro que no! —la despreocupó Joana.

—¿Quién más nos acompañará además de usted y su hijo? —preguntó Lara al contar dos platos de más.

—Aquí somos una gran familia. Siempre compartimos mesa con Nicolás y Amparo. A Nicolás ya lo conocéis, es el señor que os subió las maletas y Amparo es su mujer, es la encargada de que todo esté limpio y preparado. Me pareció algo frío preparaos una mesa aparte, ya que sois los únicos huéspedes del hotel.

—Nos encantará acompañarlos —le sonrió Jose.

Paloma se sentó en la cabecera de la mesa. Así que los chicos dejaron tres sillas libres, dos a un lado de la mesa y una al otro, para que se sentaran los acompañantes de la dueña del hotel.

—¡Ahí está Saúl! —A Paloma se le iluminó el rostro al ver entrar a su hijo por la puerta del comedor. Todos giraron la cabeza con curiosidad.

Tanto Saúl, como los chicos se quedaron helados. El muchacho quedó inmóvil mirando a los cuatro jóvenes con cara de asombro.

—¿Ocurre algo? —preguntó Paloma al notar la tensión en el ambiente.

—No nada mamá —intentó disimular—, es solo que nos hemos cruzado en el barco y me ha sorprendido verlos aquí. No lo esperaba. —El chico tomó asiento al lado de su madre.

Lara y Joana se miraron petrificadas. Era el muchacho con el que Alba había discutido en el barco. Nadie sabía que decir.

—Soy Jose —rompió el silencio.

—Saúl —contestó educadamente el muchacho.

—Ellos son Lara, David y Joana —hizo las presentaciones.

—Encantado —hizo una pausa—. ¿Y vuestra amiga?

—Alba está cambiándose, bajará enseguida —contestó Lara avergonzada por el comportamiento de esta en el barco.

Alba entró por la puerta. Cuando entró en el comedor no se percató de la presencia del muchacho. Estaba mucho más animada, la ducha le había sentado fenomenal. Se acercó a la mesa y se sentó al lado de David. Levantó la cabeza para presentarse ante el hijo de Paloma y se quedó de piedra al ver al joven. El chico intentó disimular delante de su madre, pues el hotel no estaba pasando por un buen momento y lo último que quería, era que su progenitora se enterara de que había discutido con un huésped.

—Buenas noches, Alba. —La chica abrió los ojos al oír su nombre salir de la boca del muchacho—. Me llamo Saúl — miró a todos los chicos —. Espero que vuestra estancia en La Mansión (que era el nombre del hotel) sea de vuestro agrado. Nicolás y Amparo se reunieron en ese momento con el grupo. Amparo traía un carrito con la comida. Durante la cena todo fue genial. Saúl y Alba no se dirigieron la palabra, pero supieron disimular bien, para que no se notara.

Nicolás era un hombre alto y delgado, moreno, y con unas entradas que anunciaban la llegada de la calvicie. Amparo era casi tan alta como su marido y rondaba los treinta y cinco años. Tenía el pelo negro azabache y un cuerpo bastante atlético.

Después de casi una hora conociéndose mejor, Amparo fue a por el postre.

—Y decidme ¿habéis venido a la bajada de la Virgen? — preguntó Paloma mientras empezaba a degustar su delicioso mus de gofio casero.

—Sí— contestó David.

—Queríamos hacer algo diferente para las vacaciones y pensamos que este era un lugar ideal —añadió Joana refiriéndose al hotel.

—Ojalá más gente pensara como vosotros —dijo Paloma con un semblante muy triste—. El hotel está pasando por una mala época. Desde hace un año, hemos tenido apenas cuarenta huéspedes —sus ojos enrojecieron, pero ella se controló para no llorar—, seguramente este verano sea el último de La Mansión.

Saúl cogió de la mano a su madre y la miró con tristeza.

—No te preocupes mamá, verás que todo se soluciona —le dedicó una tierna sonrisa que hizo que la mujer se repusiera.

Los chicos se quedaron sin palabras. Era una pena que la gente se estuviera perdiendo un sitio tan espectacular. Sintieron verdadera lástima por Paloma y por aquel agradable matrimonio que de repente entristeció tanto como ella.

—Bueno —se recompuso la mujer—. Habéis venido a pasar unas vacaciones inolvidables y es un halago para nosotros que hayáis decidido hacerlo aquí, en nuestro hotel.

—Sentimos mucho que las cosas vayan tan mal —dijo Lara —, pero tengo la sensación de que todo se arreglará —la chica parecía decirlo sinceramente. Paloma le dedicó una sonrisa de agradecimiento por sus palabras.

Después de la cena, Saúl se dio cuenta de que aquellos chicos empezaban a agradarle. Todos menos Alba. La veía hablar con sus compañeros, con su madre, con Nicolás y con Amparo abiertamente; reía, hacía bromas, pero cada vez que su mirada se cruzaba con la de él, el rostro de la muchacha sufría una transformación radical en una expresión de desaprobación absoluta, lo cual frustraba al joven, ya que no podía decirle nada.

Terminaron de cenar y Paloma propuso ir al salón, el otro lado de la estancia. Se sentaron todos allí y charlaron durante un rato, hasta que David no pudo contenerse más y preguntó:

—¿El piano es meramente decorativo?

Todos miraron al chico sorprendidos de la repentina pregunta que no venía a cuento.

—No —le contestó Paloma—, además está afinado ¿por qué? —preguntó curiosa mientras David se levantaba y llegaba hasta el precioso instrumento.

—¿Puedo? —dijo señalándolo.

—¡Claro!

David levantó la tapa y deslizó suavemente el dedo índice de su mano derecha por las frías teclas. Se sentó en la bonita banqueta y ante el asombro y silencio de todos comenzó a tocar. El grupo se quedó boquiabierto. Las únicas que sabían que David tocaba el piano eran Lara y Alba. El chico había tomado clases hasta hacía un par de años y había estado planteándose retomarlo. Lara y Alba sonrieron al ver la cara de satisfacción de su amigo y la cara de asombro de Joana, que nunca se había imaginado que el muchacho tocara el piano de aquella forma tan espectacular. David estaba tan concentrado en su melodía que, de pronto, olvidó donde se encontraba y con quién, pero al terminar de tocar la pieza, los aplausos lo devolvieron la realidad. El chico enrojeció y sonrió, cerró la tapa y volvió a sentarse al lado de Joana, a pesar de que todos le rogaron que siguiera tocando. Hablaron durante un rato de la afición de David y de ellos en general. Luego el grupo se fue a dormir, ya era bastante tarde.

Alba les dijo a sus compañeros que fueran subiendo, que ella quería echarle un vistazo a la moto antes de irse a la cama. Aquella solo era una de las razones, pues tampoco le apetecía acostarse y darse la oportunidad de pensar que era la única que estaba sola en aquel momento. Bajó la escalera de piedra y se paró a ver los bonitos jardines que rodeaban La Mansión. Se dirigió al aparcamiento y se aseguró de que su "kawa" estaba perfectamente amarrada a uno de los hierros destinados para ese fin y con su correspondiente cepo, en el disco de freno de la rueda trasera. Luego, a desgana, se dirigió al hotel para subir por fin a su dormitorio, pero por el camino se encontró a Saúl.

—¿Es tuya la moto? —preguntó sobresaltándola, cuando salía del aparcamiento.

—Sí—contestó muy seca sin ni siquiera mirarlo.

—Me gusta —hizo una pausa—. Se puede saber ¿por qué eres tan borde conmigo?

—No soy borde —mintió la chica.

—¿No?

—No.

—¿No crees que lo que sucedió en el barco fue una tontería? Yo ya lo he olvidado ¿no puedes hacer tú lo mismo?

—No —dijo tajante y luego se marchó, dejando al chico con la palabra en la boca.

Subió la escalera y se dirigió a su habitación. Al entrar se quedó admirando la exquisita decoración, pues antes casi no había tenido tiempo de hacerlo. La estancia era amplia y el suelo, al igual que en el resto de la edificación, lo habían reformado con materiales nuevos, pero siempre respetando es estilo original. En la pared que se encontraba frente a la puerta, había una enorme cama de matrimonio de madera maciza con dosel. El armario situado al lado de la puerta y el tocador que se encontraba en la pared de la derecha. Eran del mismo juego. Colgado encima del tocador, había un espejo con un marco dorado haciendo juego con los tiradores de los muebles. En el lateral izquierdo junto a la ventana había dos sillones de época, con una mesita en medio. Encima de la cómoda había un espejo de mano plateado que parecía muy antiguo, entre dos candelabros. Despertó su curiosidad y lo cogió. Comenzó a observarlo y admiró el complicadísimo trabajo. El óvalo donde estaba colocado el cristal era toda una obra de arte. Decidió que había llegado la hora de irse a la cama así que volvió a dejarlo en su sitio, pero no sabía por qué, no podía quitarle el ojo de encima. Había algo en aquel espejo que llamaba mucho su atención, pero no consiguió saber el qué.

—¿Crees que Alba estará bien? —preguntó Lara a Jose mientras terminaba de guardar su ropa en el armario.

—No lo sé —le contestó el chico—. Parecía estar de buen humor durante la cena.

—Sí, a mí también me lo pareció. Bueno, estuvo bien con todos menos con Saúl, es que es de cabezota — dijo Lara indignada.

—Me di cuenta —añadió riéndose de lo obstinada que era su amiga.

—Espero que se le pase pronto su estúpido enfado con el pobre chico, parece simpático ¿no? —Lara quería que dejara de estar malhumorada, para que disfrutase de las vacaciones.

—Por lo menos a mí me agradó, pero ya sabes cómo es ella. Por cierto ¿qué fue lo que les pasó en el barco? Todavía no me he enterado.

Lara le hizo un resumen de lo ocurrido y el joven tuvo la misma opinión que ella y Joana, era una auténtica estupidez.

David y Joana ya estaban preparados para acostarse.

—Espero que Alba esté mejor —dijo David.

—Sí, yo también. No me gustaría que, para ella, las vacaciones se convirtieran en un suplicio.

—¿Qué te ha parecido Saúl? —le preguntó a su novia.

—La primera impresión ha sido buena, además dudo que sea un mal chico teniendo una madre tan encantadora — Joana sonaba sincera.

—Sí, yo opino lo mismo. Es una pena lo que están pasando.

—Ojalá pudiéramos hacer algo. —La cara de la chica se apenó.

—No te preocupes —le sonrió y cogió su barbilla con dos dedos subiéndole la cabeza hasta que sus ojos se encontraron—. Te prometo que no dejaremos que esa familia se quede en la ruina. Además ¿recuerdas lo que dijo Lara en la cena?

—¿Qué tenía la sensación de que todo se arreglaría? —preguntó la joven

—Exacto. En estos años he aprendido a fiarme de sus intuiciones. Pocas veces se equivoca.

—Eso espero —suspiró ella.

—Por cierto ¿qué fue lo que les sucedió en el barco? Todavía no me he enterado.

Pasada una hora, estaban todos dormidos menos Alba, que seguía mirando, pero esta vez desde la cama aquel espejo. Tenía forma ovalada y estaba detalladamente esculpido. Alrededor del cristal, el metal dejaba ver preciosos dibujos y garabatos. En los cuatro puntos cardinales, se apreciaban cuatro rostros femeninos. El mango era una preciosidad. Largo y recto con un ensanchamiento en la punta, que daba lugar a otro maravilloso relieve, una flor de lis. Había algo que hacía que cada vez tuviera más curiosidad por aquel objeto, que suponía meramente decorativo, aunque algo le decía que no era así. Sin poder evitarlo se levantó de la cama y volvió a cogerlo ente sus manos. Se acostó llevándoselo consigo. Una fuerza extraña la hacía tocar cuidadosamente aquella pieza, con la yema de sus dedos. Era como si estuviera buscando algo, pero ¿el qué? Acabó quedándose dormida con el espejo descansando encima de su pecho.

EL CUADRO

VI

A la mañana siguiente los chicos se despertaron temprano, pues querían aprovechar al máximo su primer día de vacaciones. Lara y Joana, después de que sus compañeros de habitación se duchasen y vistiesen, se encerraron las dos en el baño de la estancia de Lara y comenzaron su laborioso proceso de preparación. Joana era como su amiga para arreglarse, podían tardar más de una hora. Esa, era una de las razones por las que los chicos habían decidido no levantarse más tarde de las ocho de la mañana. Lara comenzó a ducharse en lo que Joana se aplicaba su tratamiento de cremas matutino y viceversa. Lara se repasó un poco el pelo con la plancha y la otra chica se lo rizó con espuma.

Una vez estuvieron perfectamente aseadas, vestidas, maquilladas y peinadas salieron en busca de los chicos, que estaban en la habitación de al lado.

—¿Sabéis algo de Alba? —preguntó Lara.

—No la hemos visto —le contestó David—, pero de sobra sabes que es muy temprano para ella.

Rieron.

—Vamos a despertarla—dijo Joana, —, sino, hoy no vamos a hacer nada.

Las chicas se encaminaron hacia la habitación de su amiga y tocaron a la puerta. Al no haber respuesta decidieron comprobar si Alba había cerrado con llave por dentro. Estaba abierto, así que entraron. La joven estaba en la cama dormida, pero no tumbada del todo. Estaba recostada encima de unos grandes almohadones, y parecía no haberse movido en toda la noche. Se acercaron y observaron que tenía algo encima del pecho y lo sujetaba con ambas manos.

Lara la llamó, pero la chica no se inmutó. Joana le dio un golpe en el hombro para ver si así se percataba de su presencia, pero no se movió ni un centímetro. De repente, unas palabras salieron de su boca, en forma de susurro:

—Françoise

—¿Françoise? —Se miraron asombradas.

—¿Qué estará soñando? —preguntó Joana divertida.

—La pregunta no es qué estará soñando, si no ¿con quién? —contestó su amiga riéndose.

—El tesoro —dijo Alba de repente.

Sus amigas comenzaron a reír a carcajadas, pero la chica no se enteró, estaba profundamente dormida.

—¿Crees que está bien? —Joana empezó a preocuparse.

—Hombre, sé que tiene un sueño profundo, pero no sé. La chica no se había movido si quiera.

Decidieron despertarla si o si, así que Lara la agarró con fuerza por los hombros y comenzó a zarandearla. Tardó casi un minuto en reaccionar.

—¿Qué hacéis? ¿Os habéis vuelto locas? —dijo mirándolas con una expresión de contrariedad en el rostro.

—Lo siento Alba, es que llevamos un buen rato intentando despertarte y ya nos estábamos empezando a alarmar —se disculpó Lara.

—Sí, además estabas diciendo unas cosas muy raras —añadió Joana.

—¿Yo? —preguntó extrañada.

—Sí, estabas murmurando algo de un tal Françoise y un tesoro. —A Lara se le escapó una pequeña sonrisilla burlona.

—Pues no tengo ni idea. No me estaréis tomando el pelo ¿no?

—Claro que no —Joana se puso muy seria ante la acusación de su amiga.

—La verdad es que es extraño. He soñado con una chica de nuestra edad, que estaba acostada en esta cama, sujetando este espejo —les señaló el objeto que había pasado la noche

48

entre sus manos y ahora reposaba en la cama al lado de ella—. No dejaba de llorar. Se sentía muy angustiada. Era morena y con una cara aniñada muy bonita. El pelo largo castaño cubría casi toda la almohada y parte de su camisón, que debía de ser de la misma época que esta casa más o menos. Abrazaba el espejo con fuerza y no dejaba de repetir... ¡es verdad! —dijo asombrada, abriendo mucho los ojos— ¡lo llamaba a él...a Françoise! —hizo una pausa— ¿Me estaré volviendo loca?

—No creo—dijo Lara entre risas —, ha sido solo un sueño.

—Sí —Joana la miraba divertida—. Seguramente será por el hotel, te habrás creado una romántica historia, de amores imposibles en siglo XVI —se burló haciendo graciosos gestos, con las manos en el pecho.

—No chicas, en serio. Sé que suena absurdo, pero...había algo en ese sueño, que parecía muy real. —La chica se quedó con la mirada perdida hacia el frente.

Bajaron a desayunar y las dos chicas se miraban con una expresión de preocupación en sus rostros. No sabían si Alba estaba bien. Había tenido un sueño muy raro, pero era solo un sueño, aunque ella estaba empeñada en que aquello significaba algo más. Las chicas se percataron de la forma en que su amiga, miraba aquel espejo y del cuidado que tenía con él.

Se reunieron con los chicos, que escudriñaron el rostro de las dos muchachas y notaron que algo no iba bien. Alba estaba abstraída, así que cuando esta se despistó, le contaron lo ocurrido a David y a Jose. Los jóvenes las despreocuparon alegando que seguramente se le pasaría pronto, así que las chicas no le volvieron a sacar el tema.

Se sentaron en el comedor y como la noche anterior compartieron mesa, lo que a los chicos no les molestaba en absoluto. Durante el desayuno Saúl notó que Alba estaba muy rara, como si no estuviera allí con ellos. Tenía la mirada perdida en su café con leche y no dejaba de revolverlo una y otra vez. El chico se acercó a Jose, ya que era a quién tenía más cerca y le preguntó por la muchacha, pero este le quitó importancia, diciéndole que le costaba mucho despertar, sobre todo tan temprano.

Mientras todos hablaban y reían, la chica se levantó de la mesa.

—¿El baño, por favor? —preguntó Alba mirando a Paloma.

—Nada más salir del comedor a la derecha —le contestó—. Alba cielo ¿estás bien?

—¡Claro! —Y se esforzó en dedicarle una gran sonrisa fingida.

De camino hacia puerta de la entrada al comedor, algo la hizo girarse a mirar uno de los retratos que había en la sala. Cuando tuvo aquel retrato ante ella, abrió exageradamente sus enormes ojos verdes y perdió el conocimiento cayendo al suelo. Todos miraron rápidamente hacia donde había sonado el estruendo y sin pensarlo, el grupo entero corrió hacia la muchacha. Saúl a pesar de ser un chico delgado y no mucho más alto que ella, sacó las fuerzas de donde pudo y la llevó en brazos, hasta uno de los sillones que había al otro lado de la sala. La recostó con cuidado.

—Amparo, por favor—dijo Paloma muy preocupada —, trae un poco de agua.

Esta se marchó deprisa.

Cuando la mujer llegó con el agua, Paloma se mojó los dedos y salpicó la cara de la chica, que en ese momento estaba pálida. Los amigos no salían de su asombro. La joven reaccionó.

—...el cuadro —susurró débilmente.

—¿El cuadro? —preguntó Paloma muy extrañada, girándose hacia los amigos de la chica, para ver si ellos sabían de qué hablaba.

Alba se recompuso rápidamente al darse cuenta de la escena. En un segundo pasó de estar blanca como la cal, a estar roja como un tomate, de la vergüenza que sintió en ese momento.

—Lo siento—dijo tímidamente.

—No te preocupes. —Saúl la miró de forma tierna y la chica no pudo enfadarse de nuevo con él. No en aquel momento tan bochornoso— ¿Estás mejor?

—Sí, gracias.

—¿De qué cuadro hablabas? —preguntó Jose.

—¡Es verdad, el cuadro! —Se levantó al recordar lo que le había hecho perder el conocimiento. Corrió hasta la pared que se encontraba frente a la puerta de entrada y se quedó ensimismada observando el retrato de una hermosa joven. Todos llegaron hasta donde ella estaba y miraron el cuadro que su amiga admiraba con la boca abierta, tan detenidamente.

—Es ella —susurró—. Chicas —se dirigió a Lara y a Joana— ¡Es ella!

—Es... ¿quién? —Lara estaba comenzando a asustarse, no sabía que mosca le había picado para armar todo aquel alboroto.

—La chica de mi sueño. —Y la miró como si fuera evidente. Lara y Joana se quedaron petrificadas y volvieron a mirar el cuadro detenidamente. La muchacha del retrato era exactamente igual, a la que Alba había descrito aquella misma mañana. Se encontraba sentada en una elegante silla, delante del tocador de la habitación, en la que la chica se hospedaba. Llevaba puesto un pomposo traje de época de color vede y una larguísima trenza castaña caía sobre su pecho, hasta la cintura. A pesar de poseer unos preciosos ojos almendrados de color marrón, su expresión denotaba una gran tristeza. Sobre el tocador descansaba el espejo de mano, que tanto llamaba la atención de Alba. Se miraron sin dar crédito a lo que estaba pasando. Paloma observó todo lo ocurrido y se acercó hasta Alba. Le puso suavemente las manos sobre los brazos y la dirigió de nuevo al sillón.

—Debes descansar — e susurró.

Una vez sentados, le pidió a Amparo que le preparase una tila a Alba y le dijo a Nicolás que no se preocupase, que empezara con sus tareas. Cuando se hubieron marchado, comenzó a hablar.

—Si no he entendido mal, tu estado de ánimo y el repentino desmayo se deben a la mujer del cuadro—dijo Paloma.

—Sí, sé que parece una tontería. —Alba estaba un poco avergonzada por todo lo que estaba sucediendo.

—No lo es. —La mujer intentaba que la chica se sintiera mejor—. Todo tiene una explicación perfectamente lógica.

—¡Ah! ¿Sí? —preguntaron los seis al unísono, incluido Saúl.

—Sí—dijo bastante relajada, pretendiendo que ellos hicieran lo mismo —. Está claro. Ayer fue un día duro, dos barcos, horas de carretera y además nos acostamos bastante tarde. Sé, por propia experiencia, que el hotel impresiona bastante por su realismo. Seguramente lo que pasó, fue que llegaste agotada del viaje. Durante la cena, inconscientemente, te llamó la atención el cuadro y te creaste una pequeña fantasía.

—Bueno. —Alba se quedó pensativa mirando al suelo—. He de reconocer que eso tiene mucho sentido. Sin duda es una explicación coherente.

Amparo llegó hasta ellos, con una preciosa taza humeante, de porcelana blanca, que portaba en una pequeña bandeja. Se la tendió a la chica y ella se lo agradeció con la mirada y una tímida sonrisa. La cogió entre sus manos y volvió a evadirse de una forma evidente. De sus ojos clavados en el líquido de la taza, se deslizaron unas lágrimas producidas por el vapor de la tila ardiendo. Amparo se ausentó de la estancia.

—Pero —Lara estaba extrañada— ¿y lo del nombre que estabas pronunciando en sueños?

—¿Qué nombre? —preguntó Paloma con curiosidad.

—Françoise —le contestó Joana sin ni siquiera inmutarse, pues la explicación de la dueña del hotel le parecía de lo más evidente.

—¿Cómo? —Paloma miró a Joana con una expresión de sorpresa y luego dirigió sus enormes y expresivos ojos hacia Alba—. ¡¿Qué nombre pronunciabas?!

—...Françoise —le respondió la chica cohibida.

Paloma levantó la mirada hacia un punto lejano a través de la ventana. Volvió a mirar a Alba y luego a cada uno de los chicos. Su hijo estaba ensimismado, nunca había visto a su madre comportarse así por una tontería como aquella.

—Cuéntame tu sueño detalladamente —casi le rogó.

La joven le hizo un resumen exacto de lo que había soñado la noche anterior mientras Paloma la observaba muy atenta con un semblante totalmente inexpresivo. Alba escudriño el rostro de la mujer durante su relato, intentando averiguar sus pensamientos, pero fue en vano. Una vez la chica acabó su narración, la madre de Saúl tardó un poco en reaccionar, pero nadie rompió el silencio.

—No sé qué decir—dijo de repente—. Bueno, creo que empezaré por el principio —hizo una pausa buscando las palabras adecuadas.

Ninguno de los seis abrió la boca. Se limitaron a sentarse, dándole a entender que querían que siguiese hablando.

—Bien, a ver por donde empiezo. —Cogió un cojín, se lo colocó en la parte inferior de la espalda y se acomodó, recostándose hacia atrás—. Todo empezó en el año 1530 aproximadamente. —Todos se quedaron petrificados ¿a qué venía aquello? —. Un antepasado lejano nuestro —señaló a Saúl—, Carmelo Calderón, ordenó construir esta mansión para él y su familia. Hacía poco que había contraído matrimonio con su bella esposa María Antonia Herrera. Tardaron aproximadamente cinco años en levantar la casa que veis hoy. Un año antes de que la casa estuviese terminada María Antonia quedó en estado y poco antes de que se trasladaran a su nuevo hogar nació Alejandra. —Se giró y señaló el cuadro—. Fue su única hija y la querían muchísimo. La chica se fue haciendo mayor y se convirtió en la hermosa joven que podéis apreciar en el retrato. Tenía cientos de pretendientes, aunque en aquella época difícilmente podías elegir con quién te casabas. Su padre la prometió con el hijo de un importante comerciante italiano, pero la joven intentó negarse a casarse con alguien a quién no había visto en su vida, aunque no le quedó más remedio. —La mujer observaba la expresión de los chicos, asombrados por la historia que estaba contando, pues no le veían relación con lo ocurrido—. Cuentan que un día en la capital conoció a un temido pirata, que ya había saqueado la isla en un par de ocasiones, Françoise Leclerc. —Todos palidecieron—. Dicen que la joven y el pirata se enamoraron y se veían a escondidas. Se escribían en secreto y estaban pensando en fugarse, llevándose el tesoro que Leclerc había escondido, poco a poco, durante todos aquellos años en la isla. Solo él sabía su paradero exacto. Cuando la tripulación del pirata se enteró de sus intenciones, le tendieron una trampa entregándoselo a las autoridades. Finalmente, sin este al mando, pues era el capitán y el que cuidaba de su tripulación, todos acabaron detenidos y ahorcados días más tarde. Desde prisión, le envió con su institutriz una última carta a su amada, revelándole el lugar exacto donde estaba escondido el tesoro, pero nunca se encontró nada, ni la carta, ni el tesoro. Los días siguientes al ahorcamiento del pirata fueron un sin vivir para Alejandra. No se levantaba de la cama y no dejaba de llorar, dicen, que con el espejo de mano siempre con ella. A la semana de morir su querido pirata, decidió adelantar la boda y esa misma semana se casó. Cuentan que se apresuró tanto en casarse, porque había quedado embarazada del pirata, pues a los ocho meses del enlace nació su hija Gabriela, quien no era rubia, ni de blanca piel, como su supuesto padre, ni de ojos castaños como ellos dos. La niña nació morena y con unos preciosos ojos verdes rasgados, como los del pirata. La gente decía que les recordaba al temido Leclerc. Desgraciadamente, Alejandra murió unas semanas después del parto, tras una terrible enfermedad y dejó su diario y las cartas de su amado escondidas para que nadie las encontrara —hizo una pausa y se quedó mirando fijamente a punto lejano—. Es solo una historia que se ha ido contando de generación en generación, pero siempre he tenido la esperanza de que alguien encontrara algo, que revelase si era verdad.

Los chicos miraban a Paloma sin articular palabra. La historia que les acababa de contar era preciosa a la vez que triste. Enseguida se imaginaron a los dos enamorados, escondidos, viviendo su gran amor en secreto.

Todos estuvieron de acuerdo en que la explicación de Paloma, de por qué había soñado Alba con Alejandra, ya no tenía ningún sentido.

—¿Por qué nunca me habías contado esa historia? —le preguntó Saúl a su madre.

—No lo sé, creo que hasta que Alba no ha pronunciado el nombre de Françoise, la tuve en el olvido mucho tiempo. —Se incorporó—. Cuando decidí arreglar la mansión y acondicionarla como un hotel tras la muerte de tu padre, hace ya ocho años, uno de los motivos que me llevó a dejarlo todo prácticamente como estaba y conservar el mobiliario original, fue la esperanza de que alguien encontrara algo que acreditase que la historia de Alejandra y el pirata era cierta y tú —miró a su hijo dulcemente—, eras demasiado pequeño para hablarte del tema —le sonrió—. Luego fueron pasando los años y simplemente aquella fantasía quedó en el olvido.

—Pues algo me dice que no es casualidad lo que está pasando —dijo Lara.

—Tengo que reconocer que algo raro sí que es. —Joana estaba de acuerdo con su amiga, a pesar de que en un primer momento se mostró escéptica.

—Sí —añadió David—, pensadlo bien. Justo ahora que el hotel está a punto de cerrarse, sale a la luz la historia de Alejandra y el pirata y lo más importante, de un tesoro.

—Estaría bien si fuera cierto—sonrió Paloma—, creo que sería lo único que podría salvar La Mansión —suspiró y miró la estancia. Su rostro reflejaba de nuevo su tristeza.

—Creo que nos estamos pasando un poco de fantasiosos— dijo Jose—. Paloma, no te preocupes por el hotel, te aseguro que no cerrará. —Ni él, ni sus amigos permitirían que cerrase aquel maravilloso hotel, tenían dinero de sobra para ayudar a Paloma y a Saúl—, pero no creo que sea porque encontremos un antiguo tesoro pirata del siglo XVI.

—Jose tiene razón. —Joana estaba de acuerdo y con ella Saúl y Paloma que asintieron dándoles la razón.

—Parece mentira —Lara miró a su novio—, que tú digas eso. —Y le hizo un gesto que le recordó su aventura de las vacaciones del año anterior.

Alba no había abierto la boca, pero tanto ella como David, estaban de acuerdo con Lara. Después de lo vivido el año anterior, todo podía ser posible.

Dejaron de hablar de todo aquello y decidieron ir a buscar sus cosas para empezar su primer día de visita en la isla bonita. Le preguntaron a Paloma, que cómo se llegaba a Todoque, por si acaso Lara no recordara el camino, ya que hacía mucho tiempo que no iba por allí, el pueblo donde vivía la tía de Lara y ella les hizo un pequeño mapa en un folio. Lara lo guardó, ya que iba de copiloto y así le iría dando las explicaciones a Jose, que era el conductor. Los chicos convencieron a Alba de que no cogiese la moto, ya que después del desmayo, no lo veían muy seguro. Acabó aceptando a regañadientes.

TIA CARMEN

VII

Salieron de La Mansión sobre las diez y media de la mañana. Cuando llegaron al pueblo, por el que habían pasado la noche anterior, les pareció otro sitio totalmente diferente. La gente por la calle, los comercios abiertos, los niños en bicicleta con las mochilas a la espalda en dirección a la playa, en fin, que se respiraba otro ambiente. Se detuvieron en la estación de servicio que había a la entrada del pueblo y llenaron el depósito. El día estaba encapotado, la típica panza de burro, aunque de vez en cuando las nubes dejaban que algún rayo de sol llegara hasta ellos. A pesar de todo, hacía calor. Salieron de la gasolinera, en dirección a casa de "tía Carmen", que era como la llamaban todos a pesar de no conocerla todavía, de tanto oír a Lara hablar de ella.

Por el camino, bordeando las montañas por las carreteras plagadas de curvas, llegaron hasta un túnel que parecía no tener fin. David empezó a desesperarse a mitad de camino, ya que llevaban mucho tiempo dentro de aquel tubo de hormigón y todavía no se veía el final. Lara les explicó que, a aquel túnel, lo llamaban "el túnel del tiempo", ya que normalmente, cuando en uno de los extremos hacía sol, en el otro el día estaba nublado. A todos les pareció una buena noticia, ya que lo más probable era que al otro lado brillara el sol. La chica no se equivocó, cuando llegaban a la salida del túnel, los cegó la luz del astro rey, que brillaba intensamente en el celeste cielo, en el que no apreciaron ni el más mínimo rastro de una nube.

Alba iba mirando por la ventana, contemplando el precioso paisaje palmero. Se encontraban en medio de verdes montañas. Mirara donde mirara, podía observar kilómetros de pinares, que parecían no tener fin, aunque de fondo contrastando con el verde de los árboles se podía apreciar el mar. Era una de las maravillas que poseían las islas pequeñas, estuvieses donde estuvieses, siempre podías ver el océano. Alba iba pensando en todo lo que había sucedido desde que había llegado a La Mansión. Todo era muy raro, pero a pesar de ello, el sitio le agradaba mucho. La imagen de Alejandra llorando en su cama, agarrada al espejo que tanto le había llamado la atención a ella la noche anterior, no dejaba de evocar a su mente. Recordaba como la chica pronunciaba una y otra vez, el nombre del pirata del que les había hablado Paloma. La cara de sufrimiento de la muchacha le llenaba de tristeza. Sentía que la historia era totalmente cierta y que algo o alguien estaba intentando revelar la verdad a través de ella y eso le hacía sentirse útil y por primera vez, desde que oyó hablar de aquellas vacaciones se sintió realmente bien y supo que las disfrutaría.

—Alba ¿estás bien? —Lara, que iba sentada en el asiento del copiloto, estaba un poco preocupada por su amiga.

—¿Eh?... sí, claro —La chica salió de su trance.

—Me alegro —le sonrió—, ya estamos llegando.

Pudieron leer en un cartel "El Paso".

—¿Tanto hemos conducido que hemos llegado a Méjico? —bromeó Alba, para que sus amigos comprobaran que estaba realmente bien.

Todos rieron su ocurrencia.

—El próximo desvío a la izquierda —le indicó el camino a Jose, que era quien estaba conduciendo.

Lara tenía muchas ganas de ver a sus tíos y a sus primos. Hacía ya un par de años que no los veía, desde la última vez que ellos fueron de visita a Gran Canaria. A pesar de haber estado allí cientos de veces, sentía unas mariposillas en el estómago. En aquella isla, había vivido algunos de los mejores momentos de su vida. Las vacaciones allí siempre habían sido divertidísimas y conoció gente que nunca pudo olvidar, aunque sabía que seguramente ellos no se acordarían de ella si la vieran. Habían pasado unos cuantos años.

Jose giró a la derecha y accedió a una empinada bajada, siguiendo las indicaciones de Lara, que aún no se creía que se acordara tan bien del camino. Casi al final de la rampa, la chica anunció que habían llegado y la furgoneta se detuvo delante de una enorme puerta verde de jardín. Lara tocó el claxon y al instante la puerta comenzó a abrirse muy lentamente. El chico introdujo el coche en el interior. De la casa salió una atractiva mujer morena, de cabellos negros y enormes ojos pardos. Era bajita y delgada, pero, aun así, imponía.

Lara bajó a toda prisa y corrió hacia ella para abrazarla. Los chicos se bajaron con discreción, pues no querían importunar. Se volvió a sus amigos e hizo las presentaciones. "Tía Carmen" los invitó a todos al interior. Pasaron a la acogedora cocina de madera y la mujer preparó café. Era muy simpática y en un momento todos se sintieron cómodos en su compañía.

—¿Dónde están tío Víctor y mis primos? —quiso saber la chica.

—Tu tío y Gerbrando trabajando en la tapicería. —Llos tíos de Lara tenían un pequeño negocio familiar—. Dayana salió desde esta mañana, pero pronto será la hora de comer y llegarán todos. Os quedáis a comer ¿no?

Los chicos se miraron sin saber qué decir, eran demasiados para aceptar la invitación.

—No aceptaré un no por respuesta. —Los miró muy seria —. Además, si tu tío y tus primos se enteran de que has estado por aquí y no los has esperado se van a enfadar y mucho —le sonrió a su sobrina.

—Está bien —Lara no podía resistirse, sobre todo a ver a su adorado primo, así que los demás no tuvieron más remedio que aceptar.

Pasada una media hora, en la que los chicos no pararon de reír, por las ocurrencias de la tía de Lara y de las historias que ambas contaban de antaño, aparecieron Víctor y Gerbrando. Ellos, al ver tanta gente en la cocina se sorprendieron, hasta que se percataron de la presencia de Lara. A los dos les cambió la cara, sobre todo a Gerbrando, que la sonrisa que se le dibujó en la cara dejó ver claramente el cariño que le tenía a su prima. Esta enseguida se levantó para darles un beso y un abrazo, ya que era muy cariñosa. Lo había sido desde pequeña.

Pasados unos diez minutos oyeron como se abría la puerta del garaje. Era Dayana.

Los chicos les dijeron que se quedarían a almorzar, con la condición de que pidieran algo de comer a algún sitio que les trajera la comida a casa, para que "tía Carmen" no tuviera que cocinar y que ellos abonarían el importe de la factura. La mujer, que era bastante testaruda, se negó en redondo, pero al final tuvo que aceptar la condición de sus invitados.

Pasaron un agradable almuerzo en compañía de la familia de Lara. Alba no pensó en ningún momento en todo lo que había sucedido en La Mansión, pues se lo estaba pasando realmente bien. El primo de Lara, aunque no hablaba mucho, cuando lo hacía era para decir algo tronchante. Y sus padres y su hermana eran muy simpáticos.

Cuando acabaron de comer, las pizzas que habían mandado a pedir, la tía de Lara puso la cafetera al fuego. Los jóvenes les preguntaron por sitios a los que ir de visita y ellos les dijeron un sinfín de lugares hermosos, a los que se podía ir en aquella pequeña isla.

Sobre las ocho de la tarde se despedían y prometían hacer otra visita antes de marcharse.

A la vuelta, Joana se quedó dormida sobre el hombro de David y Lara y Jose iban hablando de sus cosas en voz baja, aunque de vez en cuando Lara comprobaba que tal estaba su amiga. Alba recordó a Alejandra y a Françoise nada más arrancar la furgoneta. Al cabo de un cuarto de hora de camino, los otros dos ocupantes del asiento trasero, David y Alba, se quedaron dormidos.

CONEXIÓN

VIII

Alba estaba en la cama, en la que había pasado la noche anterior. Lloraba desconsolada, con el famoso espejo entre las manos, aferrándolo contra su pecho. El dormitorio a su alrededor era diferente. Algunos muebles estaban cambiados de sitio, las cortinas no eran las mismas y el colchón, no era igual de cómodo que la pasada noche. No sabía por qué, pero no podía dejar de llorar. En su mente aparecía la figura de un hombre corpulento, de tez muy morena, como curtida por el sol. Tenía los ojos rasgados y verdes. Llevaba el pelo largo, sujeto con una coleta y una barba de un par de semanas le daba un aspecto desaliñado. Sus pobladas cejas le daban el aspecto de estar enfadado y su imagen en conjunto imponía bastante. Más bien daba miedo. Iba vestido con ropa de otra época, con un traje viejo, sombrero, botas y hasta una espada. A pesar de todo, Alba sentía algo extraño por aquel hombre. Era como si estuviese enamorada de él, pero era imposible, pues era la primera vez que veía aquel descuidado y aterrorizante caballero. Aun así, sus sentimientos eran inconfundibles. Lo que estaba experimentando en aquel momento era un amor tan grande y a la vez, una pena tan inmensa que sentía que el corazón se le iba a dividir en dos. Necesitaba visualizar aquella imagen, no quería que desapareciera, pero era la misma imagen, la que le estaba quitando la vida. Seguía llorando y llorando y no podía dejar de pensar en lo desgraciada que era su vida.

Todo aquello era muy raro, ella nunca había experimentado tales sentimientos. Decidió intentar dejar de llorar y aunque fue un esfuerzo sobrehumano lo consiguió. Miró hacia abajo y se fijó que iba vestida de un modo extraño. Llevaba un camisón blanco de manga larga, que le llegaba desde el cuello hasta los tobillos. No recordaba haber vestido aquella ropa tan incómoda, en su vida. Se incorporó y al apoyar la mano derecha sobre la cama para enderezarse, sintió un tirón en el pelo, que la hizo mirar hacia donde había puesto la mano. Pero ¿qué era aquello? Su media melena roja, se había convertido en una larguísima melena castaña que caía como una enredadera sobre la cama. La joven instintivamente apretó con fuerza el espejo que portaba en la otra mano y se lo colocó delante para mirar su reflejo, pero...ya no era su reflejo, era el de Alejandra.

—¡Aaahh! —Alba se despertó de su sueño, sobresaltando a todos los que estaban en el automóvil y haciendo que Jose casi se saliera de la carretera.

—¿Qué pasa? —David se despertó asustado.

—¡Alba! —gritó Lara— ¿estás bien?

—Eh...sí. —La chica acababa de sentirse ridícula—. Lo siento, ha sido una pesadilla.

Jose paró a un lado de la carretera, en cuanto vio un hueco seguro. Todos miraban asombrados a Alba, todavía tenían el susto metido en el cuerpo.

—Bueno —comenzó a hablar Joana—, y ¿qué demonios soñabas para despertarte de esa manera?

—No...sé —mintió—, no lo...recuerdo. —Sabía que quedaría como una imbécil si relataba su paranoico sueño, donde ella se convertía en Alejandra, así que después de todo lo que había sucedido desde su llegada, prefirió no contarles nada a sus amigos.

—¿Estás de broma? —David estaba indignado—. Encima de despertarnos con semejante grito, nos vamos a quedar sin saber qué ha sido eso que te ha dejado esa cara de espanto.

La muchacha sonrió avergonzada.

—Alba—dijoLara—, ¿seguro que no lo recuerdas o es que no quieres contárnoslo? —La joven de blanca piel tenía un semblante muy serio, pero le inspiró total comprensión y confianza a la chica.

—Está bien —se resignó—, si recuerdo lo que estaba soñando, pero tenéis que prometerme que no os reiréis, ya me siento bastante estúpida por todo lo que ha sucedido. —Los fulminó con la mirada, para que entendiesen que si alguno se burlaba lo más mínimo o hacía cualquier comentario graciosillo, se iba a enfadar y mucho.

—Prometido —dijeron al unísono, deseosos de conocer la historia.

Alba comenzó su relato de cómo se había visto llorando en la cama de la joven del cuadro y de cómo sus sentimientos por el pirata afloraron en ella. Intentó explicarles con palabras el amor que profesaba en su sueño, hacia a aquel hombre que no había visto en su vida y que jamás se hubiese imaginado. Mientras seguía con su pequeña narración, sus amigos pudieron apreciar que el rostro de la chica transmitía una fascinación increíble por todo lo que iba contando. Puntualizaba cada cosa y explicaba cada sensación como si le fuera la vida en ello. Los ojos le brillaban de una forma diferente y los chicos comenzaron a mirarse entre ellos "¿Estaría bien Alba?" ¿Le habría afectado tanto lo ocurrido en el hotel la noche anterior, como para estar imaginándose todo aquello?", pensaban. Pero describía a la perfección cada detalle, ropas, distribución del dormitorio, etc. Era todo demasiado "real", como para estar imaginándoselo. De todos modos, sus amigos pensaban que Alba no estaba bien del todo. No sabían si era por todo lo ocurrido desde su llegada, por lo que había sucedido con Marcos o por ser la única que había venido a aquellas vacaciones sin pareja, pero sin duda, algo ocurría.

Cuando la chica terminó su relato, los ojos de asombro de sus amigos la devolvieron a la realidad. Se quedó un poco decepcionada de la reacción que su sueño había causado en ellos, ya que ninguno hizo ningún comentario inmediatamente.

—Es todo...fascinante —Lara rompió el silencio incómodo que había seguido a la narración de su amiga—, creo que deberías descansar un poco más, hasta que lleguemos al hotel. Todo esto es muy raro y una furgoneta parada en medio de ninguna parte, no es el mejor sitio para debatirlo — sonrió intentando parecer convincente.

—Sí, estoy de acuerdo con Lara—añadió David—, cuando lleguemos al hotel, después de cenar podemos sentarnos tranquilos a analizar qué es lo que puede estar ocurriendo— miró a Alba y le dedicó también una pequeña sonrisilla, pero denotaba nerviosismo.

No había conseguido transmitirles todas las sensaciones y emociones que ella había experimentado. Pero no le importaba. Miró a sus compañeros de viaje y adivinó que nadie se estaba tomando en serio lo que les estaba contando. Estaba furiosa, aunque intentó disimularlo dándoles la razón. Se recostó de nuevo y reanudaron la marcha camino de La Mansión.

Cuando pasaron la carretera bordeada de pinos y se detuvieron en el aparcamiento del hotel, Alba fue la primera en bajarse y sin decir nada se encaminó al edificio, para dirigirse a su habitación. Quería estar sola.

—¿Qué creéis que le pasa? —preguntó Joana cuando se bajaron del vehículo y perdieron a su amiga de vista.

—No lo sé, pero me tiene muy preocupada. —Comenzaron a caminar lentamente hacia el hotel—. Creo que la dejaré sola un rato hasta que se le pase el enfado y luego iré a hablar con ella. —Lara sabía que su amiga se había molestado por el poco interés mostrado por todos al escuchar su sueño, que para ella había sido tan fascinante.

—Es lo mejor—añadió Jose—. Estar un rato a solas le vendrá bien. De todas maneras, debemos de estar atentos y ser considerados. Daros cuenta de que, para ella, este viaje ha sido un trauma desde el principio.

Se detuvieron al pie de la escalera de piedra de la entrada.

—Lo que yo pienso —David había estado muy callado, como ausente, abstraído en sus propios pensamientos, pero había escuchado perfectamente la conversación de sus amigos —, es que deberíamos tomarnos más en serio lo que está diciendo. —Frunció el ceño con la mirada perdida, ante el asombro de los otros tres—. Si analizáis todo lo que ha sucedido, es muy probable que todo lo que nos ha contado Alba tenga sentido. —Sus amigos lo miraron boquiabiertos—. Bueno —puso las manos abiertas a la altura del pecho, como si estuviera parando a alguien—, no digo que sea algo que se ve todos los días, pero no me negaréis que hay algo raro en todo esto. No puedo creerme que vosotros dos —señaló a Lara y a Jose— tengáis dudas de que Alba pueda estar experimentando algo sobrenatural. —Joana puso de cara de confusión—. Es muy largo de explicar —cortó a la chica antes de que esta formulara su pregunta y continuó con su perorata—. Así que pensadlo. Alba se queda en el dormitorio de Alejandra y sueña con ella, se obsesiona misteriosamente con un espejo de mano, que da la casualidad de que está retratado en el cuadro de la muchacha y nombra a un temido pirata del siglo XVI, que da la casualidad, de que fue su gran amor. —David caminaba de un lado a otro con las manos a la espalda mientras hacía su exposición de los hechos— ¿No os parecen demasiadas casualidades?

—Tienes toda la razón —Lara miraba al suelo con los ojos muy abiertos, como si acabase de ver algo que hubiera perdido.

—Pero eso no es todo —siguió con su explicación —. El sueño que ha tenido en el coche...no sé cómo describiros lo que pienso. —Se detuvo e intentó buscar las palabras que mejor se ajustaran a sus pensamientos.

—Es como si después de esa primera noche que Alba pasó sola en la habitación, hubiera una conexión entre ellas dos. — Jose acababa de darse cuenta de que David estaba en lo cierto.

—¿Estáis de broma? —preguntó Joana—. No voy a decir que todo esto no es un poco raro, vale. Pero de ahí a que Alba tenga una conexión con una chica que lleva siglos muerta, me parece un poco exagerado.

—Un momento —Lara hizo una pausa— ¿recordáis como describió Alba el dormitorio de su sueño? —sonrió—dijo que no todos los muebles estaban en el mismo lugar en el que están ahora y que las cortinas eran diferentes. David —miró el precioso rostro de muñeco de su amigo—, vamos a darle a nuestra amiga un voto de confianza, antes de pensar en encerrarla en algún manicomio. —Todos rieron.

Subieron la escalinata de piedra que daba a la recepción de La Mansión. Iban en silencio, intentando recordar cómo había descrito Alba la distribución original del mobiliario del dormitorio y alguna cosa más, que podía habérseles escapado. La única que no estaba convencida de que entre Alba y Alejandra hubiera algún tipo de conexión era Joana, pero se había dado por vencida. No sería ella quién se encargara de poner fin a aquella ridícula historia.

En la recepción, detrás de su antiguo mostrador, estaba Paloma. La atractiva mujer les dedicó una preciosa y blanca sonrisa al verlos entrar. Lara se dirigió hacia ella y se detuvo cuando llegó al mostrador. Sabía lo que quería preguntar, pero no sabía cómo hacerlo sin parecer una chiflada. Miró hacia un lado y hacia otro, buscando en su mente las palabras adecuadas, para sonar lo más cuerda posible. Paloma la miraba con curiosidad. Sabía que la chica quería preguntarle algo, pero no se atrevía, así que cómo se imaginó el tema sobre el que Lara quería hablar, se lo puso fácil.

—¿Cómo está Alba? —su voz sonó celestial y Lara soltó todo el aire que había contenido en los pulmones mientras pensaba —. La he visto subir a su habitación y parecía muy enfadada ¿le ha sucedido algo más?

—Pues...la verdad es que sí —comenzó a hablar ante los ojos expectantes de sus amigos—. Precisamente de eso venía a hablarte.

—No me digas que os vais. —Su rostro se entristeció de repente.

—¡No! —exclamó la chica.

—Pensé que a lo mejor a eso se debía la cara de enojo de Alba y queríais marcharos.

—No —sonrió tranquilizadora—, nada de eso. Aunque no te lo creas, ella está encantada.

Paloma puso cara de sorpresa.

—Necesito hacerte una pregunta.

—Dime —la apresuró la dueña del hotel, no aguantaba más la intriga.

—Bien. —Lara se centró— ¿Recuerdas cómo estaba exactamente la habitación de Alejandra, antes de reformar el hotel?

—Sí por su puesto, incluso antes de tocar nada saqué fotos de todas las estancias, para que después de la reforma y la restauración del mobiliario y algunos elementos decorativos, poder dejar todo lo más parecido posible.

—¿En serio? —La cara de Lara fue de total satisfacción.

Sus amigos que habían oído la respuesta de Paloma, sin pensarlo se acercaron al mostrador. La mujer no se hizo de rogar y caminó hasta una estantería que tenía a la espalda. Buscó durante unos segundos y por fin sacó un álbum de fotos. Volvió hasta donde estaban los chicos y se los entregó.

—¿Vais a decirme de qué va todo esto? —sonrió— ¿o voy a tener que torturaros?

Los chicos le hicieron un resumen de lo que había pasado, pero se centraron sobre todo en la parte en la que Alba describía la habitación de forma diferente. A Paloma también le dio curiosidad, ya que no recordaba exactamente cómo estaba distribuida esa estancia. Había pasado mucho tiempo. Así que les ahorró a los chicos, y a ella misma, el estar mirando página por página, buscándola ella rápidamente.

Cuando contemplaron la página donde estaban colocadas las fotos de la habitación de Alejandra, se quedaron boquiabiertos. Todo estaba exactamente como había descrito su amiga. Hasta las cortinas, polvorientas y gastadas en aquella foto, dejaban ver el color y tejido que había dicho ella.

—¿Es así como lo describió? —La curiosidad estaba matando a Paloma.

—Exactamente así —susurraron al unísono los cuatro.

Todos se habían quedado mirando las fotos y habían enmudecido. Encima de la polvorienta cómoda, volvía a destacar el espejo y a Lara se le antojó que aquello tenía que significar más que un simple recuerdo emotivo para Alejandra. Aquel objeto escondía algo y estaba segura de que tarde o temprano su amiga, con la ayuda de Alejandra, lo descubriría. Hasta la escéptica de Joana había enmudecido al comprobar que Alba estaba en lo cierto en todo lo que había dicho.

—Yo pensaba que las fotos las habías sacado para dejarlo todo igual ¿por qué hiciste esos cambios? —preguntó David sin apartar los ojos del álbum.

—Cuando reformé la casa para convertirla en un hotel, tuve que hacer algunos cambios en las habitaciones para acondicionarlas, así que no pude ubicar algunos muebles donde originalmente estaban. Como no podía adaptarme al patrón original, le eché un poco de imaginación y decidí redecorar las estancias a mi gusto. Respeté el mobiliario que correspondía a cada habitación, pero a mi manera.

—Está claro que está sucediendo algo extraño, pero ¿por qué ahora? —Jose no entendía por qué después de ocho años que llevaba el hotel abierto, justo ahora empezaba a pasar esto.

—Quizás Alejandra no quiere que perdáis el hotel. —Joana comenzaba a estar más receptiva y David le dedicó una cariñosa sonrisa por apoyarlos.

—Puede ser—dijo Lara.

—Pero sigo sin entender por qué ahora, por qué a Alba.

—Un momento. —Lara miró a Paloma— ¿conservas todos los registros del hotel desde la apertura?

—Sí, claro—contestó ella sin entender a qué venía aquella pregunta.

—¿Podrías sacarlos? Me gustaría comprobar una cosa.

—Sí, pero ¿puedes explicármelo? —Paloma se dirigió a la misma estantería de donde había cogido anteriormente el álbum de fotos, pero esta vez sacó unos grandes tomos de un estante colocado en la parte inferior y trajo un par de libros muy pesados.

—Bien, Jose y David cogeréis uno de los libros— empezó el reparto— y Joa y yo cogeremos el otro. Paloma, imagino que en el mostrador tendrás el que estás utilizando actualmente, de ese te encargarás tu. —Nadie entendía lo que la chica pretendía—. Bien, quiero que busquéis todos los registros de la habitación en la que se está alojando Alba y apuntéis si se ha quedado alguna otra persona sola. Es decir, no me valen parejas, amigos que se quedaban en la misma habitación, etc, únicamente gente que se quedara sola.

Sus amigos ya empezaban a ver por dónde iba. Todos se pusieron manos a la obra.

Después de una media hora, lo único que sacaron en claro, fue que Alba era la primera persona que se hospedaba sola en aquella habitación.

—Lo imaginaba —Lara estaba eufórica.

—¿Nos lo puedes explicar? —le reprochó Joana.

—Es simple —Jose le arrebató el lujo de explicar su gran hallazgo y Lara lo fulminó con la mirada—. Eres un hacha—

70

dijo dándole con el puño en el hombro. A la chica se le quitó el enfado—. Alba es la única persona que se ha quedado sola en esa habitación. Siempre habían sido parejas o amigos que compartían la estancia, por lo que Alejandra no se había podido poner en contacto con nadie. Pero esta vez estaba Alba sola. Ella estaba mucho más receptiva puesto que no tenía a nadie para hablar o distraerse. Alejandra contaba con toda su atención.

—¡Exacto! —añadió su novia, dedicándole una picarona sonrisa.

—Eso tiene mucho sentido. —David estaba pensativo—. Chicos —miró a sus amigos después de una pausa —, creo que le debemos una disculpa a alguien.

—Bien —interrumpió Paloma—, antes de que os vayáis, decidme una cosa ¿de verdad pensáis que eso es lo que está pasando? Yo no suelo creer en estas cosas, pero es verdad que todo lo que ha dicho Alba, es cierto y es imposible que lo sacara de algún sitio, pues yo soy la única que lo sabía. Se ha ido transmitiendo de padres a hijos y yo soy la única que queda de mi familia —la mujer seguía con su monólogo, como si estuviera auto convenciéndose de que todo aquello podía ser posible—. Y luego está lo de la distribución de la habitación...

—Paloma —la interrumpió Lara y la mujer la miró con aquellos enormes ojos de color turquesa—. De verdad creemos en lo que estamos diciendo, no te preocupes, te mantendremos informada. Nos vemos en la cena —se despidió de la dueña del hotel y los otros tres la siguieron escaleras arriba.

PRIMER DESCUBRIMIENTO

IX

Alba estaba en su habitación tumbada en la cama. El enfado estaba empezando a pasársele, pero seguía sin entender cómo era posible que sus amigos no la creyeran, después de todo lo que habían vivido juntos. No podía dejar de pensar en el rostro del pirata, ya no tenía los mismos sentimientos por él, como los había tenido en su sueño, pero un resquicio todavía quedaba en su mente. Recordaba cada centímetro de aquel hombre, como si lo conociese de toda la vida. A pesar de su aspecto descuidado, se podía apreciar un rostro de gran belleza, aunque denotaba malicia en su miraba. A su mente volvió el nombre del pirata. Françoise leclerc. Si había sido un temido pirata del siglo XVI, puede que en internet viniera algo sobre él. Sin pensárselo sacó su Blackberry del bolsillo de su pantalón. Le quitó la funda de goma de color turquesa, pues a pesar de que debía llevarla puesta todo el tiempo, porque era bastante propensa a que se le cayeran las cosas de las manos, cuando iba a utilizarla prefería prescindir de ella. Era mucho más fácil de manejar. Se conectó a internet y al instante le apareció la página de google. Introdujo el nombre del pirata y pulso intro. Comenzó a desesperarse mientras su teléfono procesaba la información. Una vez se hubo cargado, comenzó a leer los enunciados que se le presentaban, pero nada tenían que ver con el pirata. Se quedó pensativa y decidió añadir al nombre que ya había puesto, la palabra pirata, a ver si así reducía un poco más la búsqueda. La nueva información tardó unos segundos en cargar, aunque a ella se le antojaron horas. Los nuevos enunciados que aparecieron fueron totalmente diferentes. Ahora hacían alusión en la mayor parte a la piratería en canarias. Se le dibujó una sonrisa de oreja de oreja.

72

El enfado había desaparecido por completo. Hizo clic en un apartado que decía:

Piratería en canarias — wikipedia

Comenzó a leer los enunciados de los temas que desarrollaba aquella página y eligió directamente el que exponía:

Piratas y piratas que actuaron en canarias

Los susodichos se dividían en grupos, dependiendo del país del que procedían. Dentro del grupo de los piratas franceses, encontró al que estaba buscando. No venía gran cosa, pero sí aparecía una aclaración, como si hubiese sido su golpe más importante.

Saqueó Santa Cruz de La Palma en 1553

Decidió usar la nueva información, así que sustituyó la palabra pirata, por la nueva frase que había llegado a sus manos. Por fin encontró aquello que estaba buscando. Investigó la vida del temido pirata y descubrió todos los sitios que había saqueado y los innumerables tesoros que se había llevado de cada uno de esos territorios. Desde cuba, hasta Santa Cruz de La Palma, pasando por lugares como Puerto Rico, Santa Lucía, Las Palmas de Gran Canaria y realizando importantes incursiones contra galeones reales españoles. En su biografía, constaba que Santa Cruz de La Palma había sido la última ciudad que había saqueado el pirata y donde lo habían arrestado y llevado a la horca, así que por lo menos por esa parte, la historia con Alejandra podría ser cierta. Pero ¿De verdad era posible que un malvado pirata sin corazón, que había saqueado y asesinado despiadadamente, hubiese encontrado el amor en una joven y hubiera decidido acabar con su mala vida para estar con ella? Alba no tenía ni idea de si la historia era cierta o no, aunque dentro de ella, algo le decía que sí. De lo que si estaba segura era de que, si resultaba ser cierta, era la historia de amor más bonita y triste que había oído desde Romeo y Julieta. Aunque luego pensó que esa no contaba pues era ficción y aquello era real, un hecho verídico que había sucedido hacía cientos de años, allí mismo y en su mano estaba demostrarlo.

Fantaseando con la historia de amor entre la joven de clase alta y el despiadado pirata volvió a la pantalla principal e hizo clic en imágenes. Ya no estaba tan desesperada como antes después de leer la biografía del pirata, así que no le importó esperar a que se cargaran las imágenes y mientras esto sucedía, el espejo de mano, que reposaba sobre la cómoda volvió a captar su atención. Dejó su BlackBerry blanca sobre la cama y se dirigió hacia el objeto plateado. Lo cogió y comenzó a observarlo, había algo en él que captaba descomunalmente su atención. Lo observó detenidamente, estudiando cada relieve, cada hendidura, cada raya, cada punto. Deslizó la yema de los dedos por el contorno, por el mango. ¿Qué era lo que estaba buscando? Estaba segura de que Alejandra escondía en aquel objeto inanimado, mucho más de lo que mostraba a simple vista y de algún modo estaba intentando transmitirle el qué.

Tocaron a la puerta y la sobresaltaron. Recordó que se estaban descargando las imágenes del pirata en su móvil, así que antes de abrir, llegó hasta la cama para recoger su teléfono, pero cuando descubrió las imágenes que aparecieron en su pantalla se quedó petrificada.

Volvieron a tocar a la puerta, pero esta vez Alba no se sobresaltó, simplemente se quedó inmóvil, apreciando solo dos ilustraciones del siglo XVI, en las que se mostraba a un hombre que a ella se le antojó una aparición. Era el rostro que había visto en su sueño y que ahora no podía quitarse de la cabeza. Amplió uno de los dos retratos y se quedó ahí, quieta, contemplándolo.

Al ver que su amiga no abría la puerta de la habitación, Lara decidió entrar.

—Toc, toc. —Abrió la puerta con la mano izquierda, mientras la golpeaba con el puño derecho.

Nadie contestó. Al asomarse, vio a Alba junto a la cama mirando su móvil y pensó que estaba haciéndose la loca para no hablarle.

—Alba, ya sé que estás enfadada y tienes toda la razón. Sé que deberíamos haberte apoyado un poco más y hacerte caso en todo lo que nos has contado.

La chica seguía sin hacerle caso.

—¿Me estás escuchando? Te estoy diciendo que lo siento —elevó la voz—. Mira, creo que estás llevando todo esto demasiado lejos. Vale, admito que nos pasamos, pero no sé qué más hacer para que nos perd...

Los ojos de su amiga se clavaron en ella con expresión de asombro.

Viró la pantalla de su móvil hacia Lara que todavía estaba en la puerta.

—Es él —susurró.

Lara no pudo oírla a causa de la distancia.

—¿Qué? —Se acercó y miró lo que la chica le estaba mostrando.

—Es él —volvió a susurrarle su amiga.

Se quedó petrificada al entender lo que le estaba mostrando, recordando la descripción que esta les había dado del pirata en el coche, después de su sueño.

—Alba, hay algo más que debes saber.

—¿El qué? —Todavía seguía admirando el retrato de Farnçoise en la pantalla de su móvil.

—Cuando llegamos al hotel, los chicos y yo hablamos con Paloma y le contamos lo que te había sucedido por el camino. —Alba apartó su atención de la pantalla para prestársela a Lara —. Y hemos averiguado más cosas que a lo mejor te interesan—dijo con una sonrisilla.

Lara le contó lo que acababa de pasar en el vestíbulo y los descubrimientos que habían hecho. A Alba la sonrisa le llegaba de oreja a oreja.

—¿Ves? te lo dije.

Bajaron a cenar. Sus amigos ya estaban esperándolas en el comedor y por el camino se encontraron a Saúl, que había estado preguntando por ella durante toda la tarde a su madre.

—¿Cómo te encuentras? —le preguntó a Alba.

—Bien, gracias. —La chica se sentía incómoda respecto a Saúl. Ya no lo "odiaba" como el día anterior, pero se sentía avergonzada por haberlo tratado de aquella manera tan despectiva. Al fin y al cabo, el muchacho no había hecho nada para ganarse su enemistad. Así que ahora no sabía cómo comportarse en su presencia.

—Esta mañana nos diste un buen susto —sonrió.

Lara se echó un poco hacia atrás para dejarlos hablar y se le dibujó una sonrisa en la cara al ver la como el chico miraba a su amiga.

—Sí, lo siento —enrojeció —. No suelen pasarme esas cosas y tampoco suelo desvariar de esa manera delante de gente que no conozco.

—¿Desvariar? A mí me ha parecido alucinante.

—¿En serio? —La chica se irguió —. Pensé que creerías que estaba loca o algo así.

—No, nada de eso. Mi madre nunca me había contado esa historia sobre nuestros antepasados, aunque no podamos saber si es cierta, pero gracias a ti y a lo que quiera que hayas experimentado aquí, lo recordó.

—Eso creo. —Se colocó un mechón de su cabello rojo detrás de la oreja.

—Es fantástico que hayáis venido, de verdad. —Su rostro se entristeció de repente —. Mi madre tiene otra cara desde que supo que iba a alquilar tres habitaciones durante casi tres semanas. Le habéis alegrado el verano, por lo menos haber podido trabajar durante los últimos meses del hotel. —Alba lo miraba apenada— ¿Sabes? Este ha sido su sueño desde que murió mi padre y su vida, desde que yo decidí irme a estudiar fuera. Menos mal que tiene a Nicolás y a Amparo, ellos le hacen mucha compañía y casi no cobran por trabajar aquí, prácticamente les basta con el alojamiento y la comida. Son buenos amigos.

—Saúl—dijo Alba—, sé que no me conoces y que no tienes forma de creerme, pero el hotel no va a cerrar —le dedicó una sonrisa y el chico, no supo por qué, pero la creyó— Bueno, entonces ¿no trabaja nadie más aquí?

—Sí. Tres días a la semana viene Carlos a encargarse del jardín. —Se detuvo en seco, como si lo que acababa de decir no le hubiera gustado nada. Y así era—. Es un chico gaditano que vive en el pueblo —dijo como quitándole importancia.

Lara seguía admirando la índole que habían adoptado los acontecimientos. Alba estaba mucho más tranquila y empezaba a encajar mejor las relaciones con el sexo opuesto.

Llegaron al comedor y al entrar Alba no pudo evitar fijarse en el cuadro que esa mañana había causado tanto revuelo, solo que ahora lo miraba con otra perspectiva. Miró a los ojos de Alejandra y esta pareció devolverle la mirada. Una mirada triste y llena desesperación. Alba sintió total empatía con ella.

Se giró hacia la mesa y descubrió los ojos expectantes de los que la ocupaban. Les sonrió para hacerles entender que se encontraba bien. Se acercó a la mesa y qué casualidad, el único sitio que quedaba libre era al lado de Saúl.

Esta vez no le importó.

La cena fue mucho más agradable que la de la noche anterior, pues Alba ya no estaba enfadada con el joven. Es más, al terminar de cenar y ante el asombro de todos Saúl y ella salieron a dar un paseo.

Por el lateral izquierdo del hotel se extendían unos preciosos jardines que daban la impresión de ser un laberinto, pero perfectamente decorado y señalizado para no perderse. El camino estaba poco iluminado por unas bonitas farolas, que a Alba le parecieron estar colocadas demasiado lejos una de otra, pero se veía lo justo y necesario, para no tropezar. Entre farola y farola había un banco de piedra gris con un aspecto realmente cómodo, a pesar del material del que estaban hechos. Seguramente sería por su diseño, a juego por supuesto, con el resto de la decoración antigua del hotel. Iban caminando en silencio. No sabían que decir, pero a la misma vez, querían decirse tantas cosas. Llevaban la cabeza gacha y de vez en cuando sus miradas se encontraban por accidente. Las mariposillas en el estómago comenzaban a hacer de las suyas.

La chica estaba un poco confundida, pues no estaba segura de si, lo que sentía en ese momento era infundado por su conexión con Alejandra y sus sentimientos hacia el pirata o era real lo que comenzaba a experimentar por aquel chico, normal y sencillo de cabellos alborotados.

Saúl de vez en cuando, cuando veía que ella iba despistada, se quedaba admirando su belleza bañada por la luz de la luna. La suave brisa jugueteaba con su melena roja como el fuego. Llegaron a una zona más despejada, donde la luz era incluso más escasa. Él se sentó en un banco y ella lo imitó.

—¿Por qué está tan poco iluminado el jardín? —rompió el silencio por primera desde que salieran del comedor.

—Porque a la luz del día se pueden apreciar perfectamente los jardines y las vistas, pero de noche, aquí, las luces artificiales estropearían el verdadero paisaje. —El chico echó la cabeza hacia atrás y clavó sus ojos en el cielo y sonrió.

Alba con curiosidad hizo lo propio y al instante entendió qué había querido decir el muchacho. Sobre sus cabezas se extendía un manto de estrellas y constelaciones que a ella le parecieron fascinantes. En medio de aquel mar brillante reinaba una enorme media luna, que daba la sensación de estar sonriéndoles de forma pícara, lo que a Alba la hizo sonrojar un poco y bajar la cabeza para al observar a su acompañante. Pensaba que era un joven de lo más común, pero había algo en su rostro que, a ella, ahora, le hacía sentirse bien.

—Bueno y ¿hace mucho que os conocéis? —rompió el hielo.

—David, Lara y yo, somos los que más tiempo llevamos juntos. Y a Jose y Joana los conocimos el año pasado durante las vacaciones. Pero casi siempre estamos los cinco juntos.

—Parecen buena gente.

Los dos tuvieron una agradable velada bajo aquel manto de estrellas y acabaron contándose un sinfín de cosas.

Sobre las doce de la noche Saúl la acompañó a su habitación. Cuando entró, cerró la puerta y se apoyó en ella. No podía dejar de sonreír.

Se cambió de ropa, sin dejar de pensar en aquel joven tan gracioso, que le había ocasionado dolor de barriga, a causa de las risas, pues era muy gracioso. Pero como siempre que estaba en aquella habitación sola, la famosa pieza plateada volvió a retener su atención y en un momento se olvidó de su mágica velada. Pasó por el tocador para coger el espejo y llevárselo a la cama. Una vez allí, tapada y recostada sobre unos almohadones comenzó su exhaustivo reconocimiento. Volvió a deslizar la yema de su dedo índice de la mano derecha por toda la superficie. Y de repente se vio haciendo algo, que ella misma no entendió, pero sabía que era lo que tenía que hacer. Cerró los ojos y repitió la acción, pero esta vez con los dos pulgares. Comenzó desde la parte superior

79

del ovalo y cuando llegó a la mitad, presionó con fuerza los dos rostros femeninos que sobresalían a los lados del cristal. Se oyó un click.

Abrió los ojos al escuchar aquel familiar sonido, que recordó de sus vacaciones anteriores. Pero cuando observó el objeto no apreció ningún cambio en él. Volvió a cerrar los ojos y se concentró durante varios minutos. Solo escuchaba su respiración que sonaba lenta y serena y los latidos de su corazón que parecían estar en armonía con su hálito y de nuevo, sin saber por qué, supo lo que había que hacer a continuación. Con la mano izquierda sujetó el ovalo que engarzaba en cristal por la parte superior y deslizó la otra mano suavemente por el mango, hasta llegar al relieve con forma de flor de lis. Presionó al mismo tiempo la faz femenina del extremo superior y la flor y volvió a escucharse el mismo sonido. Abrió los ojos apresuradamente entendiendo lo que acababa de hacer. Con cuidado tiró del mango hacia abajo suavemente y este se desencajó del óvalo. Dejó descansar el cristal encima de la cama y se centró en el mango. Al mirarlo en conjunto, con la nueva prolongación que apareció al liberarse de su otra parte, la chica admiró boquiabierta que aquel nuevo objeto tenía la forma de una llave antigua.

Una sensación de total júbilo inundó todo su ser. Sabía que aquella era la pieza fundamental para el comienzo de un gran descubrimiento. Un descubrimiento que la llevaría a ella y a sus amigos a vivir una nueva aventura y resolver un enigma del pasado.

Paseó un rato por el dormitorio, intentando pensar dónde podía encajar aquella llave. Observó todos los muebles por delante, por detrás, por arriba y por abajo. Vació los cajones para analizarlos por dentro. Revisó todo el armario, tanto su parte externa, como su parte interna. Cuando se vino a dar cuenta, había puesto la habitación patas arriba. Metió la mano en el bolsillo de su pantalón de pijama y sacó su móvil para comprobar la hora. Eran las dos de la mañana. Consideró la opción de despertar a sus amigos para que la ayudaran a desmantelar aquella habitación, pero prefirió no hacerlo, decidió que les contaría lo ocurrido por la mañana.

Fue hasta la cama y armó el puzle de dos piezas, en el que se había convertido el espejo de mano de Alejandra, lo colocó de nuevo en el tocador, se acurrucó en la cama y enseguida cayó en un profundo sueño.

LA LLAVE

X

A la mañana siguiente Lara fue la primera en despertarse. Miró a Jose que estaba profundamente dormido y con la boca abierta. Con un dedo se la cerró con mucho cuidado para no despertarlo y le dio un suave beso en la punta de su perfecta nariz. Fue al cuarto de baño para comenzar a arreglarse antes que los demás. De sobra sabía que siempre esperaban por ella y por Joana, así que fue considerada y para que su amiga pudiera empezar a prepararse con tiempo, le mandó un mensaje.

Joana se sobresaltó con el mensaje, pero David siguió roncando levemente. Ella lo observó durante un rato antes de levantarse. Recordó el día en el que se conocieron y se le dibujó una sonrisa en el rostro. Sin duda era el cliente más guapo que había conocido en la sección de frutería del supermercado en el que trabajó durante el verano anterior. A su mente llegaron imágenes de aquel muchacho con cara de muñeco de porcelana y enormes y negras pestañas, esperando en la cola para que ella le pesara la fruta. Le dio un cálido beso en los labios y fue al armario a coger algo de ropa.

Cuando las chicas terminaron de prepararse, ellos seguían durmiendo, así que quedaron por mensaje en verse fuera, para ir a despertar a Alba y preguntarle —pues a las dos les estaba matando la curiosidad—, si había soñado algo más y qué había sucedido en su romántico paseo por los jardines.

Salieron de las habitaciones al mismo tiempo, sin hacer ruido, para que sus novios pudieran seguir durmiendo un poco más. Se dirigieron a la estancia en la que se alojaba su amiga. Tocaron a la puerta y al instante abrió Alba. Ya estaba lista. Se miraron sorprendidas. El rostro de su amiga transmitía un total júbilo.

—¿Qué ha ocurrido? —Lara se había pasado casi toda la noche en vela, pensando en qué podía estar pasando en aquella estancia.

—No os lo vais a creer. —Alba no cabía en sí misma de alegría.

—Dilo ya ¡por Dios! no aguanto más el misterio —le reprendió Joana.

—Estoy deseando contároslo, pero ¿no es mejor que esperemos por los chicos? —hizo una pausa—. Bueno, da igual, luego se lo contaremos a ellos, necesito soltarlo. Anoche...

Llamaron a la puerta, interrumpiendo el comienzo de la historia. Las tres clavaron sus miradas enojadas en la única entrada de la estancia. Lara se dirigió hacia esta y abrió.

Eran David y Jose, en pijama.

Al levantarse y no ver a sus respectivas novias, imaginaron donde encontrarlas.

—¡Perfecto! —Alba se entusiasmó—. Así solo tendré que contarlo una vez.

—¿Contarnos el qué? —David todavía estaba medio dormido.

—Lo que me sucedió anoche.

Los cuatro clavaron sus curiosos ojos en ella. No sabían a qué se refería exactamente, si a Saúl o a la historia de Alejandra, pero fuese lo que fuese querían saberlo.

—Anoche cuando llegué a la habitación —comenzó su historia mientras se dirigía a la cama para sentarse, no sin antes coger el famoso objeto plateado—, mi atención volvió a centrarse en el espejo. —Sus amigos por fin averiguaron con cuál de las dos historias les iba a deleitar su amiga—. Lo cogí y estuve observándolo durante largo rato sin saber qué hacer con él. Y de repente, me vino la inspiración. No preguntéis cómo, pero lo supe. Supe exactamente qué había que hacer con él y lo hice. —Se detuvo y les sonrió.

—Alba, por favor, ¿quieres decirnos de una maldita vez qué pasó? —Lara estaba histérica.

—Mejor os hago una demostración. —Su sonrisa se ensanchó aún más.

Repitió la acción que la noche anterior había dividido el espejo en dos, ante el asombro de los demás y volvió a quedarse con la llave en la mano. Sus amigos se quedaron boquiabiertos. Aquello era fascinante.

—¡Es una llave! —Jose estaba estupefacto, al igual que el resto de sus compañeros.

—Es...increíble —susurró David.

—Bien, pues esa llave tiene que encajar en algún sitio y ese sitio, por lógica, debería estar dentro de esta habitación — Lara no quería seguir perdiendo el tiempo asombrándose. De sobra sabía que mientras durara aquel enigma, descubrirían cosas increíbles a cada momento.

—Sí, pero —David no había acabado de reaccionar—. ¿Cómo has conseguido averiguarlo?

—No tengo la menor idea. Como ya os he dicho antes, simplemente cerré los ojos y lo hice. No me explico cómo, pero lo supe.

—Pues manos a la obra —Joana tenía ganas de ponerse a buscar por la habitación, necesitaba saber y cuanto antes, dónde encajaba aquella llave y sobre todo qué escondía.

—No os molestéis, he desmantelado todo el dormitorio y nada. He buscado en todos los muebles, por dentro y por fuera, en las paredes, el suelo, etc., ya no queda nada por registrar. No creo que esté aquí lo que estamos buscando.

—Pues, siento llevarte la contraria, pero estoy casi segura de que la cerradura tiene que estar aquí. —Lara se puso las manos en la cintura, entrecerró los ojos y echó un vistazo a su alrededor.

—Estoy de acuerdo con Lara —Joana ya había dejado de lado su escepticismo —. Este era el dormitorio de Alejandra, su mundo ¿Dónde si no aquí iba a guardar algo tan importante para ella como un secreto relacionado con su querido pirata? —Sí Alba yo estoy de acuerdo con Lara y con Joana. —Jose se levantó de la cama y se dispuso a comenzar la búsqueda. —Es...fascinante. —David seguía perplejo observando la llave que Alba sujetaba —. Pero ahora no —reaccionó de repente ante el asombro de todos—. Jose y yo tenemos que ducharnos y cambiarnos y no deberíamos llegar tarde a desayunar, porque entonces nos preguntarían como van las cosas y pienso que deberíamos encontrar primero la cerradura donde encaja esa llave, antes de decirle nada más a Paloma, porque ¿y si no la encontramos? Le daríamos un disgusto terrible. Si no le hablamos de su existencia, no podremos decepcionarla.

Todos lo miraron asombrados por el discurso que acababa de echar, pero los cuatro estuvieron de acuerdo en que estaba en lo cierto.

Lara y Joana se quedaron en el dormitorio con Alba mientras ellos iban a cambiarse. Intentaron averiguar por la forma de la llave, dónde podría encajar, pero los chicos tardaron muy poco tiempo en estar listos.

Bajaron a desayunar y como las veces anteriores todo estaba dispuesto en el comedor.

Saúl todavía no había llegado y al sentarse se percataron de que no había una, sino dos sillas de más.

—¿Va a acompañarnos alguien más esta mañana? —preguntó Lara.

—Sí—dijo Paloma —, espero que no os importe. Tres veces a la semana viene Carlos a trabajar en el jardín y siempre desayuna con nosotros.

—Por supuesto que no. —Jose siempre tan amable y educado.

Saúl irrumpió en la estancia con cara de pocos amigos y detrás de él entró Carlos. La cara de Jose y de David se descuadró y los dos enseguida miraron a sus respectivas novias. Era de lo más comprensible. Ahora entendían la expresión que traía Saúl en su rostro.

Carlos entró en el comedor con un aire alegre y totalmente despreocupado. Era alto, rondaba el metro ochenta y cinco tranquilamente y tenía un cuerpo atlético, con unos músculos bastante marcados. Su camiseta ajustada de asillas dejaba ver una perfecta tableta de chocolate, unos enormes bíceps y unos pectorales increíblemente definidos. El chico al ver a los inquilinos sonrió y dejó al descubierto una inmejorable dentadura blanquecina. Su preciosa piel de color beig, pero curtida por el sol, contrastaba con un pelo castaño casi rubio, quemado a causa de ir a la playa a hacer surf. Sus ojos azules parecían zafiros que iluminaban su rostro, como dos circonitas lo hacían con los lóbulos de sus orejas. Poseía una nariz bastante grande, que le daba a su cara un aspecto diferente y lo hacía muy atractivo de una forma personal.

Las tres chicas no pudieron evitar que se les notara lo que pensaron del guapísimo jardinero nada más verlo aparecer y aunque Lara y Joana intentaron disimularlo de un modo exagerado, no engañaron a nadie.

—Buenos días —sonrió el atractivo jardinero—, soy Carlos— dijo con un gracioso acento andaluz.

—Hola Carlos. —Paloma estaba encantada con su jardinero, pues era el típico chico graciosillo, con el que no parabas de reír—. Estos son Jose —saludó de mala gana—, David — intentó sonreír para ser simpático, aunque se quedó en un intento—, Joana —la chica saludó tímidamente, mirando de reojo el rostro malhumorado de su novio—, Lara —saludó rápidamente con la mano— y Alba— ella no tenía que fingir lo más mínimo, así que le dedicó una gran sonrisa y le saludó amigablemente y él al verla, su sonrisa se ensanchó. El asiento que estaba libre era uno de los que estaban al lado de Alba, así que con mucho gusto ocupó su lugar. Saúl refunfuñó algo, pero no se le entendió.

Durante el desayuno el chico no dejó de contar chistes y de hacer comentarios graciosos, que a Jose, David y Saúl, no les hicieron ninguna gracia. Normalmente, Saúl se llevaba bien con Carlos, eran amigos desde que este comenzó a trabajar en el hotel, pero estando Alba de por medio, no le resultaba nada simpático. Conocía a Carlos y sabía que intentaría ligársela.

—¿Habéis descubierto alguna cosa más? —preguntó Paloma de repente.

Los chicos se miraron los unos a los otros.

—No. —La única que supo reaccionar fue Lara—. Anoche nos acostamos temprano y esta mañana solo nos ha dado tiempo de bajar a desayunar —mintió.

—Qué pena.

—¿Descubierto? —Carlos estaba extrañado.

—Sí, es verdad que tú no lo sabes todavía. —Se sintió eufórica por poder contarlo de nuevo, pues ya les había narrado la misma historia a Nicolás, Amparo y Saúl.

Después de hacerle un resumen a Carlos de todo lo que había sucedido en los dos últimos días, este quedó atónito.

—Vaya —miró a Alba—, qué fuerte ¿no? —se había quedado sin palabras.

—Sí —sonrió—. Os mantendremos informados de todo lo que ocurra, pero por ahora no hay nada nuevo que añadir.

Cuando terminaron de desayunar, Saúl intentó quedarse con Alba a solas, pero ella le puso una excusa no muy creíble, que decepcionó al chico y se reunió con sus compañeros de vacaciones en su habitación.

Decidieron que harían lo que tenían planeado para aquel día, así no levantarían sospechas, pues si se quedaban en el hotel resultaría muy evidente que habían descubierto algo nuevo. La experiencia les decía que se pensaba mejor relajado y descansado.

Aquel día en concreto habían concertado una cita en el observatorio astronómico del Roque de los Muchachos y si la anulaban no lograrían otra para aquellas vacaciones. Habían conseguido la visita guiada gracias a la tía de Lara, que conocía a alguien que trabajaba en el observatorio y le hizo un favor, ya que los grupos mínimos eran de quince personas y ellos eran solo cinco.

Hablaron durante una media hora, para ponerse de acuerdo en lo que dirían si alguien les preguntaba por separado, sobre el tema de Alba y Alejandra. Salieron de la habitación y se dirigieron al aparcamiento. Al llegar al piso de abajo se despidieron de Paloma, que como siempre estaba tras su antiguo mostrador, leyendo una revista. Alba le preguntó por Saúl y esta le dijo que se había ido a visitar a su abuela. Los chicos le dijeron que no vendrían a comer.

Saliendo del hotel, se encontraron con el joven jardinero que estaba podando unos rosales. Jose buscó otro sitio por el que pasar, pero fue inútil, tenían que pasar por su lado. Los dos muchachos cogieron a sus respectivas novias de las manos, para dejar las cosas claras. El gaditano les sonrió y mientras se acercaban a él, cortó una de las rosas más bonitas que había en el rosal, le quitó las espinas rápidamente y extendió su mano para ofrecérsela a Alba, cuando esta pasó por su lado. La chica se puso colorada y le sonrió.

—Una flor, para otra flor. —Le echó una mirada seductora.

Su sonrisa la dejó helada y a Lara y Joana se les cayó la baba.

—Gracias —Alba cogió la rosa y se detuvo. Sus amigos siguieron su camino.

—Espero no ser indiscreto, pero me he fijado que no vienes con pareja.

—No, vengo sola, bueno, con mis amigos. — sentía que estaba haciendo el ridículo —, aunque ellos son dos parejas, pero no mis parejas —se sintió estúpida—. Lo siento. Espera un momento —se centró—. Sí vengo sola —le sonrió y el chico comenzó a reír.

—Me preguntaba si querrías salir a dar una vuelta conmigo algún día o noche —levantó las cejas de una forma pícara.

—Sí, claro, por qué no.

—Bueno, lo único que no tengo coche, si no te importa ir en moto. ¿Ves aquella que está en el aparcamiento?

— ¿La honda cbr?

—Esa es la mía. —La miró expectante, esperaba que le dijera si no le importaba que no tuviera coche.

—Pues, no sé —bromeó ella—, es un poco grande —hizo una pausa— ¿ves la Kawasaki ninja que está aparcada al lado de la tuya? — sonrió de lado y levantó una ceja.

—Sí, es mucho más nueva y grande que mi moto.

—Pues es la mía —sonrió.

—¿En serio? —el chico abrió sus preciosos ojos azules —. ¡Qué fuerte! Nunca había conocida una chica tan joven con un pedazo de moto como esa. ¡Me encanta!

—Pues si te parece bien, podemos ir en la kawa cuando quedemos.

—¿Qué si me parece bien? —volvió a mirar para el aparcamiento — ¡me parece estupendo!

Se unió a sus amigos que la estaban esperando en la furgoneta de Jose. Lara le había pedido a David que se pusiera delante, para ir ellas tres juntas.

—¿Qué te ha dicho? —preguntó Lara nada más arrancar.

—Que podríamos quedar un día de estos —puso los ojos en blanco y sonrió. Le parecía guapísimo.

—¿Y qué le has dicho? —preguntó la otra joven.

—Pues que sí —era evidente —, aunque después me puse a pensar y me acordé de Saúl.

—¿Saúl? Oye, nadie te dice que te cases con ninguno de los dos, solo conócelos y pásalo bien. Estás de vacaciones y tienes todo el derecho del mundo de conocer gente nueva. — Lara tenía toda la razón.

—Sí, además tú con Saúl no tienes nada ¿no? —añadió Joana.

—Pues a mí el tal Carlos no me gusta —Jose se metió en la conversación sin que nadie lo invitara.

—Ya —Lara miró a su novio— y no puedo imaginarme por qué —dijo irónicamente.

—Estoy de acuerdo con Jose. —David pensaba lo mismo que su amigo.

—No me lo esperaba —dijo Joana con sarcasmo haciendo muecas a sus amigas sin que los chicos la vieran.

—Bueno a quien le tiene que gustar es a ti, así que no escuches a los dos cromañones —bajó la voz para que ellos no la oyeran—. Los hombres cuando ven otro tío que está mejor que ellos físicamente, aunque no lo conozcan les cae mal. —Lara hizo un mohín.

—Tiene razón —Joana también bajó la voz—. Además, no me negaréis que es guapísimo.

—Lo que me extraña, es que hayas sido simpática con él — Lara se apresuró a explicarse al ver la cara con la que la miraba su amiga—. Bueno, no me negarás que no eres precisamente la alegría de la huerta con la gente que no conoces, sobre todo con los chicos.

—Sí Alba, a mí también me asombró que aceptaras la rosa, así como si nada y no le soltaras alguna frase del estilo "¿y qué hago con eso, me lo pongo en la cabeza como si fuera un jarrón? —Jose y David no dejaban de poner la oreja para enterarse de qué estaban hablando las chicas, pero hablaban en susurros.

—Es cierto —tuvo que reconocer—, pero no sé qué me ocurre. Creo que con todo esto que está pasando, no se diferenciar entre los sentimientos de Alejandra y los míos. No sé explicarlo. —hizo una pausa ante las miradas expectantes de sus amigas—. Es como si después del sueño en el que me convertí en ella y sentí por Françoise lo que ella sentía, que, por cierto, en mi vida he sentido algo así, me hubiese quedado con esa sensación dentro y tanto si estoy con Saúl, como si estoy con Carlos, aunque los acabe de conocer, tengo la impresión de estar enamorada, aunque después lo pienso y sé que no son mis verdaderos sentimientos, pero no puedo evitarlo.

Las tres comenzaron a reír y ellos no dejaban de intentar averiguar qué era lo que estaban cuchicheando las chicas.

El observatorio se encontraba situado en el borde norte del Parque Nacional de la Caldera de Taburiente, en Garafía.

Los chicos llegaron con tiempo y entraron a un enorme salón al que daba la entrada principal que estaba abierta al público. Se sentaron en unos sillones y un cuarto de hora más tarde apareció un hombre de unos cuarenta años, medio calvo y con gafas. Era delgado y bajito.

—Buenos días—dijo en un tono serio— ¿Sois el grupo de Lara?

—Sí. —La aludida se puso en pie y todos la imitaron —. Soy yo.

—Encantado —le tendió la mano—, soy Fernando García.

—Le agradezco mucho que haya decidido dejarnos hacer la visita a pesar de ser solo cinco personas.

—No te preocupes, tus tíos y yo somos muy amigos, no hay ningún problema —y le sonrió, aunque no dejaba de tener una apariencia seria.

Lara hizo las presentaciones para que Fernando conociera a todo el grupo. Luego salieron para comenzar la visita. El hombre explicaba todo lo que les iba mostrando detalladamente, pues sabía que la gente que venía a ver el observatorio no entendía las cosas en las que allí se trabajaba y así se les hacía mucho más ameno. Los chicos lo pasaron bien y aprendieron muchísimas cosas, que no estaban seguros recordar cuando llegaran al hotel.

En aquella montaña altísima, el calor era insoportable. Parecía que no corría el aire, menos mal que "tía Carmen" les había advertido de ello y los chicos habían ido preparados, con ropa muy veraniega y botellas de agua.

Terminando la visita, durante la cual no recordaron en ningún momento la llave misteriosa, se pararon a la sombra a escuchar el discurso final del hombre.

—David —susurró Joana.

—Shh —la mandó a callar sin ni siquiera mirarla.

Todos estaban muy atentos a lo que estaba diciendo Fernando.

—David —repitió la chica, pero esta vez en un tono más normal.

—Joa, calla —colocó su índice delante de la boca en forma vertical.

—¡David! —exclamó ya casi a voz en grito.

Todos la miraron sobresaltados y el guía interrumpió su perorata. Joana tenía los labios blancos como el papel y su rostro comenzaba a perder su color habitual. Comenzó a desvanecerse y Jose y David la cogieron en el aire, justo antes de que cayera. La acostaron en el suelo y Lara le mojó la cara y la nuca con un poco de agua de su botella. Le subieron las piernas. Cuando recuperó la consciencia, se vio tirada en el suelo con las piernas en alto, la cara y el cuello empapados y a todo el mundo con cara de preocupación.

—¿Estás bien? —preguntó Lara.

—...sí —miró a su alrededor, deseando que se la tragara la tierra, sentía que había hecho el más espantoso de los ridículos.

La llevaron dentro y la sentaron en uno de los sillones, en los que habían estado esperando cuando llegaron. El amable guía fue a buscar una coca cola, pues imaginaba que el desmayo se debía a una lipotimia causada por el calor.

Se despidieron de Fernando y le pidieron que les aconsejara un buen sitio para almorzar. Les recomendó un pequeño restaurante en el que hacían una muy buena comida casera y a los chicos les pareció una estupenda idea, así podrían probar platos típicos de la isla.

Llegaron a un pequeño restaurante familiar muy acogedor, con mobiliario de madera y manteles de cuadros rojos y blancos. Al entrar una amable y rechoncha señora de campo con cabellos rubios les preguntó cuántos eran, para llevarlos a una mesa que se ajustara a su grupo. Una vez sentados la mujer les trajo las cartas, pero les hizo un par de recomendaciones que no estaban en ella. A los chicos se les hacía la boca agua.

La camarera vino a tomarles nota de las bebidas, pero ellos ya habían decidido qué comerían. Decidieron pedir tapas, en vez de un plato para cada uno, así probarían más cosas. De entre todos los platos, eligieron el gofio escaldado, las típicas papas arrugás con mojo rojo, dos cosas que no podían faltar nunca, en un tapeo de comida canaria, queso ahumado, cherne, queso frito con mojo verde y carne de cerdo.

Todo estaba delicioso.

Cuando terminaron de comer la amable mujer retiró los platos entre bromas. Era un placer almorzar en un sitio donde la comida era tan buena y el servicio tan agradable y familiar. Les trajo las cartas de los postres.

—Mmm todo parece delicioso. —Lara estaba deseando probar los postres.

—Sí la verdad es que no sé qué pedir. —Alba levantó la cabeza y miró a la mujer de cara redonda— ¿Qué es el príncipe Alberto?

—Es un postre de bizcocho, chocolate, café, almendras y avellanas. Te lo recomiendo.

—Pues no se hable más, a mí me trae uno de esos. —Alba cerró la carta.

—Yo quiero otro. —a Lara le había parecido de lo más apetecible.

—A mí me apetece quesillo con miel. —David había oído hablar de la famosa miel palmera.

—Yo no puedo más he comido demasiado. —Jose estaba lleno.

—Y yo me voy a decantar por la crema de limón —dijo Joana.

En el coche, ya de vuelta al hotel, los chicos iban pensando en la llave. La verdad es que había sido toda una heroicidad no sacar el tema en todo el día, pero así lo hicieron. A pesar de todo aquel asunto lo habían pasado realmente bien, tanto en el observatorio, sin contar el pequeño incidente de Joana con el sol, como en el pequeño y acogedor restaurante donde habían comido de maravilla.

Eran aproximadamente las seis de la tarde cuando llegaron a La Mansión y en el cielo todavía brillaba el sol de una forma abrasadora. Estaban deseando dirigirse a la habitación de Alba para seguir intentando deducir, donde podía estar la cerradura de aquella llave.

Nada más entrar por la puerta Paloma miró a Alba y le dijo que tenía algo para ella.

—Carlos me ha pedido que te de esto. —Le alargó un trozo de papel doblado por la mitad.

La chica lo desdobló y halló una nota.

Mañana a las 8 te recojo para cenar.
Bueno, yo vengo y tú me recoges a mí.

A la chica se le dibujó una sonrisa.

94

Se disculparon con Paloma, poniendo la excusa de que estaban muy cansados e iban a descansar un rato, antes de la cena.

De camino a la habitación se encontraron con Saúl que al verlos se alegró. Los saludó a todos menos a Alba y esta se extrañó de la reacción del muchacho. Los chicos siguieron su camino, aunque Alba se quedó mirando a Saúl y él le viró la cara.

No podía entender por qué.

¡O sí?

Llegaron a la estancia y fueron a por el espejo. Lara lo cogió y accionó los mecanismos que lo dividían en dos piezas para dejar al descubierto la llave. Se pusieron en marcha, pero algo en la expresión del rostro de Alba los detuvo.

La chica estaba mirando dentro del armario y parecía como si hubiese visto un fantasma dentro de él.

—Alba. —Lara se acercó hasta ella y le puso una mano en el hombro —. ¿Estás bien?

—No.

—¿Por qué? —preguntó David— ¿Qué te pasa?

—Alguien ha registrado la habitación.

—Pero ¿Cómo lo sabes? —Joana se alteró de repente.

—A ver, calmémonos un momento —Lara intentó poner orden— ¿Por qué dices que han registrado la habitación? —miró dentro del armario en el que Alba tenía la ropa. Era un caos—. No sé si recuerdas que tú siempre sueles tener las cosas así —se encogió de hombros.

—No, te equivocas. Yo suelo tener las cosas tiradas, pero no así.

Todos pusieron cara de que a su amiga se le había ido la olla

—Me explico. Dentro de mi desorden, yo tengo mi propio orden, yo sé dónde tengo cada cosa y esto no estaba así, os lo puedo asegurar.

Esta vez si la entendieron.

—Pues entonces tendremos que ir con más cuidado—dijo Lara.

—¿A qué te refieres? —le preguntó Jose.

—Si han registrado la habitación de Alba es por algo. A lo mejor alguien del hotel sabe más de lo que dice o simplemente quiere lo que Alejandra está intentando mostrarle a Alba. Pero el gran dilema es ¿quién? —Se puso las manos en su cintura de avispa y frunció el ceño mientras pensaba —. Puede ser cualquiera. Paloma es un encanto, pero no sabemos si realmente es así, no la conocemos lo suficiente. Saúl me cae bien, pero ¿quién sabe?, a veces quien menos te esperas... Amparo y Nicolás parecen adorables y llevan trabajando aquí desde que se abrió el hotel, pero puede ser cualquiera.

—A lo mejor por eso trabajan aquí, porque saben algo. — David se estaba rascando el mentón, como siempre que pensaba.

—¡Cierto! —Lara no había pensado de esa forma en un primer momento.

—Y por supuesto, Carlos me parece el culpable más factible —añadió Jose.

—Estoy totalmente de acuerdo —David asintió.

Las chicas los fulminaron con la mirada.

—Eso es una tontería, no es más sospechoso que los demás porque vosotros veáis amenazado vuestro ego masculino. — Lara estaba muy molesta con ellos por haber insinuado tal estupidez.

—Lo que tenemos que hacer a partir de ahora —propuso Joana— es no hablar con nadie del tema. Llegaremos hasta el fondo del asunto y encontraremos lo que Alejandra quiere que Alba encuentre y comprobaremos qué es, antes de volver a hablar de esto con nadie.

—Me parece lo mejor —Lara apoyó la moción y los demás asintieron.

Alba no había pronunciado palabra mientras los chicos se ponían de acuerdo en no desvelar nada a nadie. Volvieron a ponerse manos a la obra, todos menos Lara. Ella tenía la llave en su poder y se sentó en la cama observándola. Pensaba que el mecanismo del espejo para guardar la llave se podía descubrir, aunque fuera por casualidad y le extrañaba que en tantos años nadie lo hubiese descubierto, sobre todo sabiendo la historia del pirata y el tesoro. No, aquella llave era una forma demasiado sencilla de abrir lo que sea que fuese y sin embargo no lograban encontrar la cerradura donde encajaba. Y de repente se le ocurrió ¿y si la cerradura de aquella llave no estaba a la vista, porque había que encontrar algo antes? Lara levantó la cabeza y comenzó a observar la estancia, pero con otros ojos, dejando la mente abierta a nuevas opciones, no solo buscando el hueco donde encajara el objeto que sostenía en las manos y entonces lo vio.

—¡Lo tengo! —exclamó.

Todos se acercaron hasta ella esperando a que les revelara el paradero de la cerradura.

—Nos hemos equivocado por completo —se rio de lo tontos que habían sido y de la astucia de quien hubiese diseñado tan buen escondite.

Cogió las dos partes del espejo y se dirigió al armario. Observó una moldura decorativa, que tenía en la parte superior. Era igual que la del resto del mobiliario del dormitorio, así que pasaba totalmente desapercibida. Sus amigos la miraban impacientes, pues ellos no veían donde podía encajar la llave allí.

La moldura, era de la misma madera que el resto del mueble. Estaba decorado con figuras en forma de óvalos en relieve, más pequeñas en los extremos y más grandes a medida que se acercaban al centro, el cual estaba decorado con un gran óvalo central, pero este en bajorrelieve, lo que le daba un aspecto bastante feo. Lara sonrió al ver la cara de perplejidad de sus amigos.

—Estábamos tan absortos en encontrar una cerradura para la evidente llave —levantó la mano mostrándola—, que no nos hemos dado cuenta de que esa no era la llave que estábamos buscando, por lo menos de momento —los chicos torcieron el gesto, no entendían nada— Esto, es lo que estamos buscando —levantó el óvalo.

Le tendió la llave a Alba y el óvalo a David, se dio la vuelta y vino arrastrando uno de los sillones. Le arrebató de las manos el óvalo a su amigo y lo introdujo en la figura decorativa central, ante el asombro de sus compañeros. Presionó y de la parte inferior, entre las puertas del armario y el cajón de debajo, salió a presión una especie de cajón que golpeó el pesado sillón, haciendo perder el equilibrio a la chica. Jose la sujetó por la cintura y la ayudó a bajarse. Apresuradamente retiraron el sillón y abrieron por completo el cajón que había salido del armario.

En él hallaron un libro muy antiguo.

Lo cogieron y se sentaron en el suelo allí mismo donde estaban, lo colocaron en el centro del pequeño círculo que acababan de formar y lo observaron. Era un libro grande y pesado, encuadernado en piel y bastante deteriorado por el tiempo. Era de un color marrón apagado, a causa del deterioro. Estaba cuarteado, pero todavía podían apreciarse unos adornos florales de color dorado y las iniciales "A.C.H." en el centro, que no supieron lo que significaban. Tenía una cerradura un poco oxidada, pero Alba no se lo pensó dos veces. Introdujo en la cerradura la llave que todavía tenía en la mano y el interior del libro quedó a su merced.

Abrieron la tapa y contemplaron un papel amarillento, con pequeñas manchas de óxido y al leer la primera frase cayeron en la cuenta de lo que tenían entre las manos.

¡Era el diario de Alejandra!

Alba cerró la tapa y volvió a leer las letras de la cubierta. ¡Claro! —exclamó—. "A.C.H." ¿no lo veis? Alejandra Calderón Herrera.

Todos cayeron en la cuenta. Volvieron a abrir el diario y se dispusieron a empezar a leer, pero tocaron a la puerta y los interrumpieron.

—Son las ocho y media, seguramente vienen a avisarnos para cenar —dijo David mirando su reloj.

—Alba atiende tú la puerta que es tu habitación y nosotros esconderemos todo esto—dijoLara—. Volvamos a poner todo exactamente como estaba. Hay alguien que está buscando esto con mucho afán, no podemos permitirlo.

El grupo obedeció las órdenes de Lara.

EL DIARIO

XI

Alba atendió la puerta, era Amparo para avisar de que ya estaba preparada la cena y que cuando quisieran podían bajar al comedor. Los chicos se dieron toda la prisa posible en colocar todo como estaba, para que si alguien volvía a registrar la habitación no hubiera evidencia del hallazgo de los muchachos.

Mientras se dirigían al comedor iban pensando cómo comportarse delante de sus acompañantes, ahora que sabían que alguno de ellos había registrado la habitación de Alba, buscando Dios sabe qué. Tenían que intentar estar como siempre, que nadie notara que se habían dado cuenta, de que habían estado husmeando entre las cosas de Alba.

Se sentaron a la mesa sonriendo, como si no pasase absolutamente nada. Alba se sentó al lado de Saúl, como en el desayuno, pero este estaba serio, ni siquiera la miró cuando se sentó.

Durante la velada, el chico habló con todo el mundo, pero era como si ella no existiera.

Todos se percataron.

Al terminar de cenar los chicos estaban deseando volver al dormitorio para comenzar a leer el diario de Alejandra, pero Alba tenía otros planes. Nada más salir del comedor se dirigió al exterior, por donde había visto salir a Saúl. Aceleró el paso para alcanzarlo, ya que este daba grandes zancadas. Parecía muy enfadado.

—Se puede saber qué demonios te pasa —gritó la chica justo detrás de él.

—Nada que te importe —dijo sin ni siquiera mirarla.

—Te...he hecho...algo —la chica estaba confusa.

100

—¿Me lo estás preguntando en serio? —Se dio media vuelta.

—...si, no tengo ni idea de por qué estás enfadado conmigo.

—Anoche —hizo una pausa—, anoche...déjalo. —Se dio la vuelta y siguió caminando.

—Espera. —Corrió detrás de él de nuevo—. ¿Esto es por Carlos? —Saúl no contestó, pero se detuvo en seco —. ¿En serio? No puedo creerlo.

—¿No? —volvió a girarse— Pensaba que anoche lo habíamos pasado bien. Creí que podíamos volver a quedar, pero entonces llega el imbécil del jardinero y lo estropea todo.

—Pero ¿de qué estás hablando? Carlos me parece un chico simpático nada más, además que yo sepa tú y yo no somos nada.

—Perfecto, perfecto, no hay nada más que hablar. Siento, que lo de anoche para ti fuese solo pasar el rato y siento, tener que decirte que para mí fue algo más. Perdona por haberme confundido, te puedo asegurar que no volverá a ocurrir y ahora si me disculpas me gustaría seguir con mi paseo nocturno, yo solo. —Y siguió su camino.

—Pues... ¡vete! —Ella se giró indignada y comenzó a caminar hacia el lado contrario.

Entró en el hotel y se dirigió a sus amigos que estaban siendo interrogados por Paloma. Al verla entrar, los chicos respiraron, por fin había aparecido, así que se inventaron una buena excusa para subir de nuevo a la habitación de Alba.

La joven todavía estaba enojada por el comportamiento de Saúl, pero ella no iba a ser menos. El chico todavía no sabía con quién estaba tratando. Era cierto que la noche anterior lo había pasado genial en su compañía. También era cierto que sentía algo por él, de eso no le cabía duda, pero no iba a tolerar que un niñato al que acababa de conocer le dijera con quien podía salir y con quien no, por el simple hecho de haberla llevado a ver las estrellas.

Llegaron a la habitación y pusieron en marcha toda la parafernalia para sacar de nuevo el diario de Alejandra. Estaban deseando leerlo.

Estuvieron de acuerdo en que no podían leer por turnos, así que echaron a suertes quien sería el que lo leería. Le tocó a Joana.

Hoy, he decidido aventurarme a redactar este diario, ya que, de algún modo, he de expresar las inquietudes que me están quebrando el alma.

Hoy padre, me ha comunicado la peor noticia de mi vida. He sentido que se me ha parado el corazón, dejaba de latir lentamente bajo mi pecho, mientras él, me observaba con una expresión dura y amenazante, con la que ha querido darme a entender que no podía oponerme a su decisión. Ha de hacerse su voluntad.

Padre ha tomado una seria determinación y ha programado mi futuro. Me ha prometido con hijo de un importante comerciante italiano y pretenden venir, padre e hijo en un par de semanas, con el fin de que dicho muchacho y yo nos conozcamos y poder celebrar el casamiento cuanto antes.

¿Por qué? No puedo evitar que las lágrimas broten de mis ojos como si de una cascada al terminar el río se tratase. Me visualizo casada con alguien a quien no amo, alguien que no podrá hacerme sentir mujer nunca, alguien con quien seré infeliz y desdichada por el resto de mi vida.

¡Oh, Dios mío! ¿Qué mundo injusto es este en el que vivimos que permite que ocurran estas desgracias? He considerado varias opciones, como marcharme, pero ¿a dónde? Nunca he estado alejada de mi casa y mucho menos sin compañía alguna. Lo más lejos que mis pies han llegado, ha sido de compras a la capital o a casa de algún familiar y

siempre acompañada por mis padres o en algún remoto caso de Carmina, mi institutriz desde que era niña. También ha brotado en mi cabeza, la idea de quitarme la vida, pero ¡soy tan cobarde!

Siempre soñé con hallar un caballero que me mirara a los ojos, con firmeza y ternura al mismo tiempo y consiguiera hacerme estremecer. Soñaba con un amor tan grande, que hiciera que nada más sentir su presencia me temblara el cuerpo y mi corazón latiera tan fuerte que cualquiera pudiera escucharlo.

Imagino que para mí se acabó el soñar, pues soy consciente de que todo esto, a mi vida no llegará y seré infeliz y miserable, por siempre.

Joana terminó de leer la primera página del diario y miró a sus amigos con una triste expresión en el rostro, todos la compartían.

—Lo que contaba Paloma era cierto —Jose rompió el silencio.

—Sí, la iban a obligar a casarse con alguien a quien no conocía. —Joana miró a David y se sintió identificada con los sentimientos que Alejandra describía en su diario hacia el caballero al que esperaba conocer algún día. Le cogió de la mano.

—Eso antes pasaba mucho. —Alba no le quitaba los ojos de encima al diario —. Por desgracia hay sitios en los que sigue ocurriendo.

Los chicos se compadecieron de Alejandra y siguieron leyendo y comentando el diario de la joven Alejandra, aproximadamente sobre una hora. Todos los escritos de la chica eran muy similares. Básicamente hablaba de lo hundida que estaba y como su depresión iba en aumento según se acercaba el día de conocer a aquel que iba a ser su marido.

Decidieron dejar de leer el diario de Alejandra y acostarse pues, aunque no era muy tarde, estaban cansados de la excursión y las emociones vividas durante el día. Además, tampoco querían despertar sospechas. Pasar todos juntos, tantas horas en la habitación de Alba, al final haría que alguien se percatase de que algo sucedía allí, sobre todo, quien hubiese entrado a registrar la habitación aquel día. Volvieron a colocar cada cosa en su sitio, pues como bien había dicho Lara anteriormente, debían de tener mucho cuidado. Sabían que alguien les estaba siguiendo los pasos de cerca.

Las dos parejas se dirigieron a sus respectivos dormitorios y Alba se quedó en su habitación, pensando en lo que Alejandra había escrito en su diario. Se sentía tremendamente egoísta. Llevaba un año lamentándose y auto compadeciéndose por haber cortado con Marcos y sobre todo por sentirse tan sola como se sentía cuando salía con sus cuatro amigos. Pero leyendo el diario de Alejandra, Alba comprendió por primera vez la suerte que tenía.

Podía elegir.

Ella, a pesar de estar sola durante aquel tiempo, podía esperar que llegara a su vida la persona adecuada o por lo menos la que ella decidiese, de la que ella se enamorase. Pero a la joven del diario, le habían arrebatado aquel privilegio. El privilegio de elegir a aquella persona que quería que formase parte de su vida.

Se acomodó en la cama y siguió recriminándose lo estúpida que había sido y esta deliberación la llevó a pensar en los dos jóvenes que había conocido durante sus vacaciones.

No podía negar lo evidente, Carlos le atraía una barbaridad. Era un chico con un físico increíble y era el típico gaditano simpático con el que jamás parabas de reír. No tenía ningún desperdicio. Sin embargo, Saúl, a pesar de

104

no poseer el físico increíble del jardinero, tenía algo que también llamaba su atención de igual forma, pero ese mal genio suyo, que en ocasiones la recordaba a ella misma, no sabía si acabaría bien.

De todas maneras, no se había planteado una relación seria con ninguno de los dos y la verdad es que Saúl la había hecho enojar mucho con su actitud, así que hasta dentro de un par de días no se dirigiría a él.

¿Qué se había pensado?

La idea de salir con Carlos a tomar algo le pareció bastante atractiva. Y con este pensamiento se fundió en un profundo sueño.

Lara y Jose ya se habían puesto el pijama y hablaban del diario de Alejandra. Lara estaba terminando de aplicarse sus cremas de noche, gracias a las cuales tenía un cutis perfecto. Había dejado la puerta del lavabo abierta para poder seguir hablando con su novio, que ya se había metido en la cama.

—Casi se me saltan las lágrimas mientras leíamos el diario —dijo Lara.

—La verdad es que es muy triste. La entiendo perfectamente. —Vio a Lara salir del baño y extendió un brazo hacia ella invitándola a meterse en la cama —No sabría qué hacer si me dijeran que no puedo estar contigo el resto de mi vida —ella se acostó junto a él y lo miró a los ojos mientras este hablaba —y me obligaran a casarme con otra persona. —La estrechó entre sus brazos con fuerza.

—Yo también la entiendo —apoyó su cabeza en el pecho de Jose—. No podría vivir junto a otra persona y menos después de haberte conocido. —Alzó la vista hasta que sus ojos se encontraron y se dieron un largo y cálido beso. Se abrazaron y se quedaron dormidos.

David y Joana no tenían sueño. Hablaban, como no, de lo que Alejandra contaba en el diario. No sabían qué hacer, todo aquello los tenía emocionados. Decidieron dar un paseo por los jardines y seguir hablando del tema. Cogieron unas rebecas de verano y salieron del hotel. La puerta de la entrada estaba cerrada, pero se podía abrir desde el interior. La dejaron abierta unos centímetros, pues desde fuera, solo podía abrirse con la llave.

Caminaron durante largo rato cogidos de la mano, pues al igual que Lara y Jose se sentían totalmente identificados. Los jóvenes también tuvieron el privilegio de admirar el estrellado cielo palmero. Nunca imaginaron ver algo así. Era maravilloso.

Siguieron paseando en silencio, con el único acompañamiento del suave viento balanceando las ramas de los árboles y el cantar de los grillos. De repente comenzaron a escuchar unas voces que hablaban en susurros, aunque no consiguieron averiguar de dónde venían. David se puso un dedo en la boca, indicándole a su novia que no hiciese ruido. Cerró los ojos y se concentró para ver de dónde podían venir aquellas voces. Rápidamente las localizó y tiró del brazo de la chica con suavidad para que esta se agachase como él. Se acercaron a las misteriosas voces. Eran dos personas que estaban sentadas en uno de los bancos que se encontraban entre farola y farola, al otro lado del matorral. Comenzaron a escuchar la conversación.

—Sé que esos niñatos saben algo más de lo que dicen — decía una voz de mujer, pero irreconocible por el tono tan bajo que estaba empleando para hablar.

—Pues hay que averiguarlo como sea, porque ya has visto que registrar la habitación de la chica no ha servido de nada —esta vez, se trataba de una voz masculina, pero al igual que la de su acompañante era imposible saber a quién pertenecía. Podía ser cualquiera.

La joven pareja escuchaba con asombro la conversación de aquellas dos personas. Joana se desequilibró y sin querer pisó una rama que estaba en el suelo e hizo un pequeño sonido que no pasó desapercibido.

—Hay alguien ahí —susurró la mujer—. Corre mira a ver de quien se trata y no lo dejes ir, no podemos permitirnos que nadie nos descubra. Los accidentes... ocurren.

Al oír estas palabras los chicos se miraron con los ojos muy abiertos. Con cuidado y sin hacer ningún otro ruido se agacharon hasta acabar a cuatro patas en el suelo. Lentamente comenzaron a dirigirse hacia la parte delantera del hotel, pero oyeron a uno de ellos corriendo en aquella dirección, así que tuvieron que cambiar el rumbo y gatear hacia el otro lado, hacia la parte trasera. Llegaron hasta unos árboles y se incorporaron una vez estuvieron detrás de un gran tronco. Oyeron pasos que se acercaban y Joana comenzó a temblar David le sujetó la mano y le susurró que se tranquilizara. La chica hizo un esfuerzo sobrehumano y comenzó a calmarse al divisar en la parte trasera del hotel una puerta de servicio. Con la cabeza, le señaló a su novio la entrada que acababa de descubrir y este asintió. Pero ¿Cómo iban a llegar hasta allí? ¿Y si estaba cerrada? Aquellas dos personas estaban muy cerca de ellos, podían oír sus pasos con claridad, pero no tenían otro remedio. David asomó un poco la cabeza, intentando que no lo vieran, para saber la localización exacta de sus perseguidores. Cuando los hubo localizado, aunque en la negrura de la noche y con la escasa luz que había, era imposible reconocerlos, cogió una piedra del suelo, agarró con fuerza la mano de Joana, la miró y esta asintió haciéndole entender que sabía lo que pretendía hacer. El chico visualizó la piedra en su mano, cerró los ojos esperando que todo saliera bien y la tiró con fuerza provocando un ruido considerable, para que los malhechores creyesen que escapaban hacia el interior de la arboleda. Oyeron como estos salían corriendo hacia el lugar que había caído el pedrusco y aprovecharon para correr en dirección a la puerta de servicio del hotel. Cuando estaban llegando a su vía de escape vieron como dos figuras negras salían de entre los árboles, paraban y al divisarlos, comenzaban a correr hacia ellos. Estaban tan asustados que centraron toda su atención en llegar a su objetivo. Estaba cerrada y sus perseguidores se acercaban ¿Qué podían hacer? Sin pensárselo dos veces David apartó a Joana con el brazo y le dio una patada a la puerta. Ni se abolló. Joana tuvo una corazonada y decidió buscar en el macetero que estaba en la ventana que había al lado de la puerta y ¡bingo! Había una llave. Estaban más cerca. Esta vez fue ella quién lo apartó a él e intentando controlar los temblores de sus manos consiguió introducir la llave en la cerradura y girarla. Casi los habían alcanzado. Entraron en el último momento y consiguieron cerrar justo cuando estos llegaban hasta ellos. Volvieron a cerrar con llave. Estaban en la cocina y visualizaron la salida. Corrieron hasta ella e intentaron ubicarse para saber dónde encontrar las escaleras que los llevarían al piso superior. Cuando estuvieron al pie de esta oyeron como alguien subía por las escalinatas de la entrada principal y aceleraron el paso. Llegaron a su habitación con el corazón en un puño.

Habían conseguido escapar, pero no sabían si los habían reconocido. Lo que si sabían era que ellos no habían identificado a sus perseguidores.

Se miraron y se abrazaron. Joana comenzó a llorar, todavía tenía el miedo metido en el cuerpo.

Los malhechores llegaron al pasillo donde estaban las habitaciones de los chicos, pero no consiguieron ver, qué puerta se acababa de cerrar. Estaban nerviosos, intranquilos ¿los habrían reconocido? Ellos, desde luego, no lograron reconocer a los chicos. Sin embargo, tenían muy claro, que fueran quienes fuesen, se lo iban a contar a los otros tres. Pero ¿qué hacer?

LA CENA

XII

Esa noche la pareja casi no durmió. Querían contárselo todo a sus amigos, pero no querían salir de la habitación por si sus perseguidores continuaban allí. Intentaron contactar con sus amigos por el móvil, pero Alba y Jose lo tenían apagado o fuera de cobertura y Lara, aunque daba la señal, no lo cogía. Seguramente lo tendría en silencio. Los chicos, acostados en la cama, no podían dejar de mirar la puerta. Sentían que en cualquier momento alguien la abriría e iría a por ellos. Al final el cansancio pudo con los dos jóvenes.

Al día siguiente, nada más levantarse, se dirigieron, sin ni siquiera cambiarse de ropa, a la habitación de Lara y Jose. Abrieron la puerta de su dormitorio con cautela y David asomó la cabeza. Miró a un lado y a otro del pasillo, para comprobar que no los estaban esperando, antes de reunirse con sus amigos. Cuando se hubo cerciorado de que el pasillo estaba vacío, sujetó a Joana de la mano y corrieron a la habitación de sus amigos, cerrando la puerta tras ellos. Tocaron desesperadamente hasta que Lara, medio dormida y con cara de pocos amigos les abrió. Entraron como alma que lleva el diablo, empujándola hacia atrás. Jose y su novia los miraban con una expresión de sorpresa en el rostro.

—Pero ¿qué os pasa? —preguntó Lara.

—Parece que habéis visto un fantasma. — Jose se rio, pero al ver la cara de los chicos se inquietó—. ¿Ha pasado algo? — esta vez su tono era más serio.

David y Joana comenzaron a contarles su aventura nocturna por los jardines del hotel y sus amigos no daban crédito a lo que estaban oyendo. Joana estaba muy nerviosa. A ella nunca le había pasado nada parecido y aunque a David, no era la primera vez que alguien lo perseguía, con no muy buenas intenciones, era algo a lo que uno no se acostumbraba.

—¿Visteis quiénes eran? —Lara estaba atónita.

—No, solo sabemos que eran dos personas, un hombre y una mujer —le aclaró Joana—, hablaban tan bajito que ni siquiera sé decirte la edad aproximada.

—Pues solo tenemos cinco sospechosos —Jose se rascaba el mentón mientras pensaba.

—No necesariamente. —David había tenido mucho tiempo para pensar durante el largo rato que estuvo sin poder pegar ojo—. Puede que solo sea una de las personas del hotel, que ya teníamos como sospechoso y un cómplice de fuera. Alguien con quién esté de acuerdo y no conozcamos o alguien de su entorno, que se entera de lo que sucede en el hotel.

—David tiene razón, no podemos estar seguros de nada. — Lara se cruzó de brazos y estudió la situación—. Bueno, fueran quienes fuesen, tienen que saber que nosotros ya estamos al corriente de que hay alguien buscando lo que Alejandra está intentando mostrarnos, así que tenemos que ir por delante. Debemos actuar como si no hubiese pasado nada. Eso los confundirá.

—Estoy de acuerdo, por cierto ¿no deberíamos decírselo a Alba? —Joana tenía ganas de volver a contar su historia.

—Creo que deberíamos quedarnos esta información para nosotros cuatro, ella ya tiene bastante encima. Pero no debemos dejarla sola, así que una de dos o hacemos que cancele su plan de esta noche con Carlos o vamos todos juntos — Lara estaba asustada por lo que le pudiera pasar a su amiga, si Carlos era uno de los malhechores.

—O...podríamos seguirlos —propuso Joana.

—¿Seguirlos? —David pensaba que eso iba a ser muy difícil.

111

—Sí.

—Joana, no es por aguarte la fiesta, pero no creo que esa sea una buena idea —Jose intentó ser lo más diplomático posible—. Ellos van a salir en moto, lo que hará que seguirlos sea muy complicado y en el caso de que lo consiguiésemos, creo que Alba reconocería mi furgoneta.

—Bueno, si fuésemos a hacerlo así, sí, pero yo iba a proponer otra manera de hacerlo.

—¿Cómo? —preguntaron los tres al unísono.

—Como empiezo —la chica intentaba buscar las palabras adecuadas —. David. —Su cara reflejó una extraña expresión, como pidiendo perdón, antes de haber dicho nada de su plan—. Como decir esto —hizo una pausa—. Recuerdas, que cuando empezamos a salir yo era un poco...así como...celosa.

—¿Un poco? —se rieron sus amigos y esta los fulminó con la mirada.

—Bueno, pues la cuestión es que contraté por internet, un localizador por gps que te permite elegir dos números de teléfono móvil, uno que es el localizador y otro que es el localizado y así sabes exactamente dónde está la otra persona en cada momento.

—Que hiciste ¿qué? —La cara de David mostraba el enojo que sentía en aquel momento.

—Los reproches para luego —lo interrumpió Lara— ¿No te das cuenta? Tenemos la forma perfecta de tenerla localizada en todo momento y seguirla a una distancia prudencial, para que no nos vea, pero a la que podamos acudir deprisa en el caso de que sucediera algo. ¡Es perfecto!

—Sí, es una buena idea —admitió David—. Tú y yo ya hablaremos —miró a Joana muy serio—. Ahora mismo estoy demasiado enfadado para dirigirte la palabra.

—La chica agachó la cabeza, sabía que su novio tenía todo el derecho a estar enfadado.

—Hay que buscar la forma de meter el móvil de David en el bolso de Alba, sin que esta se dé cuenta.

Tocaron a la puerta. Los cuatro chicos se sobresaltaron. Jose abrió, era Alba.

—¿Qué hacéis todos aquí? ¿Ha ocurrido algo?

—No —le contestó el chico—. David y Joa acaban de venir, ya íbamos para tu habitación.

—Lara y Joa ¿en pijama? Lo siento, pero no me lo trago. —La chica miró a sus compañeros con cara de pocos amigos. Sabía que le estaban ocultando algo.

—Sí —improvisó Lara—, es que estábamos deseando saber si te había sucedido algo más.

—Ah —eso la convenció un poco más—. No, esta noche no ha ocurrido nada —su rostro se entristeció al anunciar la noticia.

—Qué pena —repuso David.

—Bueno —Jose comenzó a hablar después de un silencio, algo incómodo por parte de sus tres amigos, que intentaban ocultarle a Alba su plan de seguirla aquella noche—, creo que deberíamos prepararnos, bajar a desayunar y seguir con nuestros planes para hoy.

—Sí, será lo mejor —lo apoyó Lara—. Además, no sabemos llegar a las piscinas naturales, así que deberíamos salir cuanto antes.

Se arreglaron para seguir con los planes que habían previsto para aquel día. Lara llevaba anotado en su libreta el itinerario de las vacaciones y por ahora, a pesar de los imprevistos algo "sobrenaturales" que habían sucedido, lo habían ido cumpliendo a rajatabla.

Deseaban mandar la libreta con el itinerario a freír espárragos, para poder quedarse leyendo el diario de Alejandra para ver si descubrían algo, pero sabían que alguien sospecharía, si no salían de una habitación de hotel durante sus vacaciones.

No, tenían que seguir con sus planes con total normalidad.

Lara, mientras terminaba de arreglarse el pelo delante del espejo del baño, comenzó a pensar qué habían hecho en aquellos días que llevaban allí. El primer día fueron a visitar a la familia de Lara. Habían pasado casi todo el día allí. El segundo día habían hecho una visita guiada por el observatorio astronómico del Roque de los muchachos y esta vez tocaban las piscinas naturales de los Sauces. La chica hacía años que no iba, pero recordaba con claridad aquellas hermosas piscinas que la naturaleza había creado en la costa.

Bajaron a desayunar y a excepción de Alba, todos estaban muy incómodos por lo sucedido la noche anterior. Sabían que, a lo mejor, alguna de las personas que estaba sentada en la misma mesa que ellos, no era de fiar. Los chicos disimularon bastante bien sus temores, actuando con naturalidad, pero no lograron descubrir, por su forma de comportarse, si alguno de ellos podía ser uno de los perseguidores de David y Joana la pasada noche.

Durante el desayuno Jose le preguntó a Saúl, si quería acompañarlos y al chico le pareció una estupenda idea. A Alba no tanto, así que decidió que ese día iría en su moto.

Sola.

Nada más terminar de desayunar, cogieron sus cosas y se encaminaron a los vehículos. Con Saúl como guía sería mucho más fácil llegar. El chico estaba encantado de salir con el grupo, sobre todo porque podría estar más tiempo con Alba o eso creía él, pues ya se le había quitado el enfado.

Estaban ya todos montados en la furgoneta de Jose, esperando por ella.

Qué raro.

Saúl estaba deseando verla aparecer e intentaría sentarse a su lado. Cuán grande fue su sorpresa, cuando la vio acercarse con un casco en la mano y con cara de pocos amigos. La chica se montó en su moto y mientras miraba a

Saúl muy seria se encajó su casco. Luego se puso sus guantes y la encendió. Aceleró la moto tres veces, con mucha chulería y sin quitarle los ojos de encima al muchacho, que acabó agachando la cabeza.

Alba esperó que su amigo se pusiera en marcha con la furgoneta para seguirlo.

Por el camino fue pensando en la noche anterior. No se podía creer que Saúl se hubiese puesto de aquella manera, porque había decidido salir con Carlos. Ella no tenía ninguna atadura y los chicos eran bastante agradables, por eso quería conocerlos a los dos. Pensaba en Marcos, en cómo habían sido las cosas con él. Toda su vida había estado enamorada de aquel chico y por lo visto él de ella, pero, aun así, todo acabó. No quería que le volviera a suceder aquello. No quería volver a cerrarse en banda y no conocer más gente por el simple hecho de que Saúl le atrajera. No, no lo haría y si eso significaba que él se enfadara, más fácil se lo estaba poniendo.

Saúl iba pensando que a lo mejor se había excedido algo con Alba la noche anterior. No podía evitar tener celos de Carlos, pero ¿quién en su sano juicio no los tendría? El joven había notado que incluso a Jose y a David les cambiaba la cara al verlo aparecer. En el fondo no le caía mal, eran amigos desde hace tiempo, pero esta vez se sentía amenazado, como si él fuese a quitarle algo que le pertenecía, que era suyo. De vez en cuando mientras se encontraba inmerso en esta espiral de sentimientos, miraba hacia atrás para ver a Alba. Le parecía realmente increíble verla conducir.

Fue dándole las indicaciones necesarias a Jose para llegar a las piscinas naturales. Llegaron antes de lo que esperaban.

Los chicos se quedaron fascinados ante aquella maravilla de la naturaleza, donde el hombre había metido mano, para ayudar a mejorar lo que ya estaba allí hecho. Era un sitio precioso y pasaron un día estupendo.

Saúl estuvo todo el día con la chica como si nada hubiese pasado y ella acabó olvidando lo ocurrido la noche anterior. Estuvieron tan compenetrados que durante un rato se olvidó de su cita nocturna.

David estuvo todo el día sin dirigirle la palabra a su novia. Estaba realmente dolido por lo que había hecho. No creía que él se hubiera portado tan mal como para merecer aquello. Ella en ningún momento se lo recriminó, pues de sobra sabía que era la culpable de que estuviera tan enfadado, así que, dentro de lo posible, intentó pasárselo lo mejor que pudo.

Decidieron regresar al hotel sobre las cinco de la tarde. Al llegar a la furgoneta los cinco chicos se subieron, pero Alba fue al maletero y trasteó hasta encontrar lo que estaba buscando. Se acercó hasta donde estaba Saúl y le acercó un casco que había decidido traer por si uno de sus amigos quería ir con ella alguna vez. Saúl miró el casco y luego miró a la chica, sonrió y lo cogió.

Saúl y Alba se marcharon en la moto los dos juntos.

Lara iba pensando en todo lo que había ocurrido. No solo estaban inquietos porque una chica que llevaba muerta cientos de años había decidido que ellos resolvieran un misterio que tenía que ver con un gran amor y un antiguo tesoro, sino que además resultaba que había alguien que sabía lo que ellos buscaban y estaban empezando a complicarse las cosas. Lo que más le preocupaba en aquel momento era la seguridad de Alba. Al fin y al cabo, no le habían contado nada de lo que les ocurrió a David y a Joana la noche anterior y ella iba totalmente despreocupada. El no saber de quién tenía que desconfiar la traía de cabeza, porque en su lista había demasiadas personas de las que sospechar y lo peor del tema era que su amiga estaba en medio de un triángulo amoroso con dos de ellas.

116

Saúl no se lo podía creer. Se aferraba a la cintura de Alba como si tuviese miedo de que alguien se la quitara. Estaba tan a gusto allí, abrazado a la pelirroja de enormes ojos verdes que deseó que el tiempo se detuviese y no llegaran al hotel, en mucho, mucho tiempo. Pero aquello duró poco. Llegaron en seguida, por lo menos eso le había parecido al muchacho. Subieron a las habitaciones, habían aprovechado bastante el tiempo en las piscinas y venían agotados, con ganas de darse una ducha. Alba y Saúl se quedaron en uno de los bancos de los jardines charlando. Ya, ninguno de los dos se acordaba de lo ocurrido la noche anterior y se habían olvidado de Carlos. Hubo un momento en el que los dos se quedaron mirándose a los ojos sin articular palabra y comenzaron a acercar sus cabezas lentamente. Sus labios estaban a punto de tocarse.

—Alba, Carlos ha llamado —gritó Paloma desde la puerta del hotel, rompiendo la magia del momento—. Dice que no te olvides de que a las ocho estará aquí.

Saúl alejó su cabeza de la de la chica y se puso en pie.

—Deberías subir a arreglarte, se te va a hacer tarde. —Y se marchó.

Alba se quedó allí, parada. ¿Qué acababa de suceder? No se había acordado de su cena con Carlos y casi besa a Saúl. Al pensar en esto último se sonrojó. Pero, no podía darle plantón al joven jardinero, no sería muy ético. Se levantó del banco y se dirigió al hotel, para subir a su habitación a arreglarse. Saldría con él aquella noche por quedar bien y luego le pondría alguna excusa, si volvía a invitarla a salir.

—¿Vas a seguir enfadado conmigo? —le preguntó Joana a David mientras intentaba cogerle de la mano.

—¿Tú qué crees? —su tono era burlón, pero su rostro severo.

—Ya te dije que lo siento, de verdad. Créeme por favor.

117

El chico giró la cabeza hacia el otro lado.

—Sé que tienes motivos para estar enfadado. Cometí un error, un gran error, pero fue hace mucho tiempo. Al principio de estar juntos los celos me comían y pensaba que te ibas a ir con la primera que pasara, pero luego me demostraste que tú no eras así y no volví a utilizarlo. David seguía sin mirarla.

—Bien, te dejaré tranquilo, imagino que ahora no tienes ganas de oírme, pero quiero que sepas que lo hice por miedo.

La miró con una expresión de perplejidad.

—Sé que no es excusa, pero tenía miedo de perderte. Nunca había conocido a nadie como tú y no quería que conocieras a alguien y salieras de mi vida. Te quiero —dijo mientras una lágrima rodaba por su mejilla y se dio la vuelta para dejarlo tranquilo.

El chico no pudo evitar ablandarse. Él también la quería y mucho. La estrechó entre sus brazos y le dio un apasionado beso.

Ella comenzó a llorar abrazada a él.

Mientras, Lara y Jose hacían una lista con los sospechosos, dentro de la cual, podía apreciarse, entre otros, los nombres de Saúl y Carlos. Le mandó un mensaje a Joana y le dijo que estuvieran preparados para salir a las ocho, que en cuanto Alba bajase, ellos bajarían detrás y se harían los encontradizos, alegando que ellos también iban a salir a cenar y buscarían el momento de meter en el bolso de Alba el móvil de David.

Sobre las ocho Carlos llegaba al hotel. La verdad es que iba bastante guapo, con un vaquero y un polo fucsia, que resaltaba su piel morena curtida por sol. Tenía un brillo especial sus ojos azules. Sin duda, Alba le gustaba mucho. Se dirigió a la entrada y mientras esperaba por la chica, se apoyó en el mostrador a charlar con Paloma.

Un cuarto de hora más tarde Alba bajaba la escalera. El chico la miró y quedó deslumbrado. Llevaba el cabello rojo liso, con los flecos hacia atrás sujetos por una traba, haciendo un pequeño tupé, con bastante laca para que no se le escachara con el casco. Sus enormes ojos verdes resaltaban sobre su piel morena y sus carnosos labios lucían un discreto brillo de color rosa. Dentro de su estilo de motera, iba bastante bien vestida, aunque su chaqueta negra y turquesa y su casco a juego colgaban de su brazo.

El joven quedó fascinado y pensó que era la chica más bonita que había visto en su vida.

—Alba ya ha bajado —susurró Lara mientras golpeaba con suavidad la puerta de Joana y David.

Sus compañeros salieron de la habitación.

Bajaron las escaleras y divisaron a su amiga hablando con Carlos y Paloma en la entrada. Los habían cogido por los pelos. Llegaron hasta ellos y Alba se sorprendió de verlos allí.

—¿Qué hacéis? —preguntó extrañada.

—Hemos decidido salir a cenar nosotros también —dijo Lara —. Paloma —se giró hacia la mujer— espero que no te importe que te avisemos con tan poco tiempo de que no cenaremos aquí.

—No te preocupes —le quitó importancia la dueña del hotel—, salid y divertíos, que para eso habéis venido.

—Gracias. —Lara respiró aliviada, pues se había olvidado de avisarla desde por la mañana de que no cenarían allí.

—Y... ¿A dónde iréis? —preguntó Alba, a la que todo aquello le resultaba algo extraño ¿Lara rompiendo su itinerario?

—Eh...–David improvisó– todavía no hemos decidido. Iremos a dar una vuelta con el coche y en el primer sitio que veamos, que nos agrade, entraremos.

Las tres parejas se despidieron de Paloma y se encaminaron hacia el aparcamiento. Saúl estaba asomado a una de las ventanas del comedor, viendo como Alba se marchaba con Carlos. La chica iba riéndose de las ocurrencias del gaditano y el muchacho sentía como comenzaba a hervirle la sangre.

El grupo no había tenido ocasión de colar el móvil de David en el bolso que llevaba Alba colgado a modo de bandolera. Lara le arrebató el teléfono a Joana de las manos y salió corriendo hacia donde estaba su amiga. Esta la vio acercarse y se extrañó.

—Alba ¿tienes pañuelos? –le preguntó ante la sorpresa de su amiga.

—No —dijo como si fuera evidente, ¿ella llevando pañuelos?

—Sí, me parece que metí un paquete en tu bolso ayer.

—Ayer yo no llevaba bolso.

—¿Seguro? Entonces sería otro día ¿puedes mirar a ver? –insistió Lara.

—Estoy convencida de que no tengo...

—¿Qué te cuesta mirar? –su voz sonó un poco alterada.

Alba miró a Carlos que estaba estupefacto con aquella conversación tan estúpida.

—Está...bien —se sacó el bolso por la cabeza, abrió la cremallera y de repente Lara se lo arrebató de las manos.

—Ay, que pachorra, déjame a mí, que seguro que lo encuentro antes que tú.

Su amiga se quedó petrificada ¿Qué bicho le había picado?

Lara buscó un bolsillo con cremallera disimuladamente, de sobra sabía que Alba no los utilizaba, prefería llevar todo revuelto en el interior de los bolsos, en vez de utilizar los compartimentos que estos traían. Metió el móvil de David y cerró la pequeña cremallera del bolsillo y la grande del bolso y se lo devolvió con una sonrisa.

—Pues tenías razón, no tenías pañuelos. —Se dio la vuelta y se marchó.

Alba y Carlos se quedaron observándola cuando se marchaba, pensando que se había vuelto loca.

Alba le dijo a Carlos que condujera él y el chico se emocionó muchísimo. Cuando Saúl vio como la chica se subía detrás y se abrazaba al jardinero, se dio la vuelta, enfadado. Informó que no cenaría y se encerró en su habitación.

La furgoneta arrancó poco después que la moto y se mantuvieron a una distancia a la que les fuese posible ir siguiéndolos, sin que la pareja pudiese verlos. Joana sacó su móvil y conectó el localizador.

Durante su viaje en moto, como pasajero en vez de conductor, como de costumbre, Alba se dio cuenta de algo que no esperaba. Se sentía más atraída por Carlos de lo que pensó en un principio. ¿Estaría otra vez Alejandra influyendo en sus sentimientos? Iba abrazada a él y podía sentir sus músculos a pesar de las dos chaquetas que había de por medio. La de él y la de ella.

Carlos estaba encantado. Conducía una moto que pensó, que ni en sus mejores sueños conduciría e iba a abrazada a él, la chica más bonita que había visto nunca. Deseaba que la noche no terminara.

Los chicos no hablaban, simplemente estaban atentos a las indicaciones del móvil de Joana para no perder a su amiga. Esperaban de verdad estar equivocados. Bueno, en realidad Jose y David querían que fuese el malo, pero solo era una cuestión de ego masculino.

De repente la moto se detuvo.

121

—¿A dónde iremos a cenar? —preguntó Alba.

—Por tu forma de ser, lo poco que he podido tratarte, creo que lo de una cena romántica habría sido un tostón para ti.

A Alba se le dibujó una sonrisa, apreciando que hubiera sido tan observador y detallista

— No sé si las habrás probado, pero como aquí es muy típico y cuando yo llegué a la isla fue una de las cosas que más me gustó, me pareció buena idea traerte a comer arepas.

—¿Arepas?

—Sí, no sé si las habrás comido alguna vez.

—No — sonrió.

—Pues espero que te gusten tanto como a mí.

Los chicos bajaron una pequeña cuesta de hormigón, que parecía la entrada a un garaje y llegaron a una pequeña arepera, bastante concurrida. Fuera había como tres o cuatro grupos, esperando su turno para entrar.

No les importó esperar.

La furgoneta, se detuvo a unos cien metros, donde no pudieran verlos, pero que ellos tuvieran localizada a la pareja. Bueno, la salida, ya que el restaurante quedaba al final de la cuesta y era imposible divisarlo desde la carretera.

La vigilancia transcurrió sin novedad alguna. El punto del localizador, de la pantalla del móvil de Joana no se había movido de su sitio desde que llegaron.

Por fin, después de aproximadamente media hora, fue el turno de la pareja. Entraron al pequeño local. Alba miró alrededor admirando lo acogedor que era. Carlos no podía haber elegido un sitio mejor. Se sentaron en una pequeña mesa al fondo de la estancia, cerca de una pequeña tarima, con unos altavoces y un teclado.

—Buenas noches. —Un joven camarero les dio unas cartas plastificadas —. Que tal Carlos, te veo bien acompañado. —Y le guiñó un ojo.

Pidieron las bebidas y el camarero se fue. Carlos cruzó los brazos y los apoyó en la mesa, se hizo hacia delante y clavó sus penetrantes ojos azules en la chica, como si fuese a empezar un interrogatorio. Le dedicó una preciosa y perfecta sonrisa y la chica se sintió muy cómoda con él.

—Bueno y... ¿a qué te dedicas? —Quería saber todo lo relacionado con aquella hermosa joven, que compartía mesa con él.

—Acabo de terminar el bachillerato y este año empiezo un ciclo superior.

—¿En serio? Y ¿Qué vas a estudiar? —preguntó interesado.

—Ilustración —sonrió.

Vino el camarero con las bebidas y les tomó nota de la comida. Alba le pidió consejo a Carlos a la hora de pedir.

—Y... ¿Cómo disteis con La Mansión?

—Queríamos irnos de vacaciones, pero no queríamos que fuesen unas vacaciones típicas. Pensamos que para qué marcharnos lejos, si no conocíamos la mitad de nuestras islas. Así que como este año era la bajada de la Virgen, decidimos venir aquí —hizo una pausa—. La tía de Lara vive en Todoque y le dijimos que nos gustaría hospedarnos en un sitio original, así que nos habló de La Mansión—bebió un trago de su coca—cola— y nos pareció el destino ideal.

—Sí, la verdad es que desde que comencé a trabajar allí cuando llegué a la isla, hace ya dos años, también me pareció un hotel diferente —bebió de su nik de fresa—. Y después de conocer a Paloma, Saúl, Amparo y Nicolás, me sentí como en casa.

—Sí, es un ambiente muy familiar, hacen que todos nos sintamos muy a gusto. —Cruzó los brazos y los apoyó en la mesa como Carlos lo había hecho anteriormente, dándole a entender que era su turno de preguntas—. Y ¿Cómo te dio por venir a vivir aquí?

—Pues da la casualidad que fue durante unas vacaciones. Vinimos un grupo, como el vuestro, pero éramos solo chicos. Estuvimos una semana y yo me enamoré de la isla, así que cuando volvimos decidí que este era mi sitio — trajeron la comida y el camarero intercambió un par de palabras con Carlos, pero cuando se fue el chico retomó la conversación, exactamente por donde la había dejado—. Encontré trabajo pronto, así que no me fue difícil empezar de cero.

—Después de ver, lo que he visto de la isla, te entiendo. Creo que es un paraíso, podría adaptarme perfectamente a un lugar así —después de pronunciar estas palabras, se dio cuenta de que no habían sido muy acertadas, pues por la expresión del muchacho, entendió que él lo había interpretado de otra manera.

—Eso sería fantástico. —La miró con unos ojos tiernos y sinceros.

—Bien —Alba quería cambiar de tema— ¿para qué son estas salsas?

Con la comida, un plato en el que descansaban dos arepas de carne mechada y dos de huevo con bacon, habían traído dos botes parecidos a los del ali—oli, pero uno con una salsa verde y el otro con una salsa roja.

—Bien —sonrió el chico— abre tu arepa y elige la salsa que quieras echarle. La verde es picantona, pero suave, y la roja es picante.

Alba cogió la salsa roja y echó un poco. Le gustaba el picante, pero quería ser precavida, no fuese a ser más fuerte de lo que ella esperaba, no quería hacer el ridículo delante del chico. Cerró su arepa y le hincó el diente.

¡Estaba buenísima!

En la furgoneta no sucedía nada. Estaban aburridos, contemplando el punto rojo inmóvil, de la pantalla del móvil de Joana. Tenían hambre y empezaba a hacer frío. Esta vez Lara no había sido tan precavida como de costumbre, pero no tenía la cabeza para otra cosa que no fuera la seguridad de su amiga y el secreto de Alejandra.

Llevaban cerca de hora y media, allí quietos, esperando y empezaban a impacientarse.

—¿Pedimos algo para comer? —Lara estaba hambrienta.

—Y ¿A dónde le decimos que nos lo traigan? —preguntó David.

—Podemos dar el nombre de la arepera y uno de nosotros puede ir a buscar la comida —antes de que nadie le respondiera, cogió su iphone y comenzó a buscar pizzerías cercanas al lugar donde se encontraban.

A los veinte minutos el repartidor estaba allí con la cena.

La pareja estaba terminando de cenar, pero no tenían ninguna prisa en marcharse. Se encontraban totalmente cómodos, el uno con el otro. Por un momento Saúl desapareció totalmente del pensamiento de Alba. Carlos era un encanto. Guapo, simpático, inteligente, todo lo que una chica podía desear.

El joven camarero se acercó hasta ellos.

—Carlos, siento molestarte, pero las chicas de aquella mesa te han reconocido y no dejan de atosigarme para que te pregunte si no te importaría...

Alba estaba totalmente perdida. No tenía ni idea de qué estaban hablando. Dirigió la mirada y contempló la mesa donde estaban las muchachas de las que hablaba el camarero y vio a seis muchachas, uno o dos años más jóvenes que ella, que miraban a su acompañante con admiración mientras hacían comentarios. Todas tenían una sonrisa de oreja a oreja.

—¿Te importa? —le preguntó Carlos Alba, aunque no con mucha euforia.

—No, claro que no —contestó a pesar de no entender nada.

Su acompañante se levantó y se dirigió a la pequeña tarima, que hacía las veces de escenario, se colocó detrás del teclado y se adaptó el micro a su altura. Ante el asombro de la chica del pelo rojo, encendió el teclado y comenzó a tocar. Alba no se lo podía creer. El gaditano comenzó a cantar una canción que ella no había escuchado en su vida. Era lenta, del estilo de Alejandro Sanz en sus comienzos. Su voz era dulce, aunque varonil y el deje andaluz, le daba el toque perfecto. No podía dejar de mirarlo. Cantaba con los ojos cerrados, lo que le daba un aspecto más atractivo e interesante, si es que eso era posible y cuando los abría, lo hacía únicamente para mirarla a ella, con aquellos ojos que brillaban como dos resplandecientes zafiros.

Se veía a la legua que empezaba a sentir algo especial.

La canción terminó y todo el restaurante comenzó a aplaudir. Las chicas que habían "obligado" al camarero a pedirle a Carlos que cantara, se levantaron y comenzaron a sacarse fotos con él. El chico, aunque educado y agradable con las jóvenes, no podía evitar que su rostro reflejara timidez. A pesar de su físico y de sus otras virtudes, Carlos era un chico bastante humilde.

El grupito por fin lo soltó y este volvió al lado de Alba en cuanto pudo. Era donde de verdad le apetecía estar. Se sentó sin mediar palabra, esperando la reacción de su acompañante.

—¡¿No piensas decir nada?! Dijo asombrada.

—¿Qué quieres que te diga? —contestó mirándola con vergüenza. Como un niño que acaba de actuar por primera vez en la función del cole.

—Pues... ¿por qué no me habías dicho que cantabas? Y ¿por qué dijo el camarero que te habían reconocido? —giró la cabeza hacia las chicas y todavía estaban mirando para Carlos, con cara de bobas—, ¿de dónde has sacado esa canción tan bonita?, nunca la había escuchado y...

—Vale, vale, para. —Le tapó la boca con una mano, con una sonrisa en los labios. Ella abrió sus enormes ojos verdes, quería preguntarle más, mucho más—. Creo que canto desde siempre, por lo menos desde que tengo memoria. Me han reconocido porque soy el vocalista de un grupo de pop–rock, que actúa, en verbenas, fiestas privadas, restaurantes, bodas, etc y la canción no la has oído nunca porque la compuse yo. –Le quitó lentamente la mano de la boca – ¿Quieres saber algo más? –sonrió.

–No –le devolvió la sonrisa –. Creo que tenía una opinión equivocada sobre ti.

–Ah ¿sí? –su tono era burlón. No era la primera vez que se lo decían.

–Sí –agachó la cabeza, estaba muy confundida–. Pensaba que eras el típico chico guapo, ya sabes, superficial, un poco cortito y que no tiene mucho tema de conversación – mientras pronunciaba estas palabras su boca se torcía en una especie de sonrisa exculpatoria–. Y la verdad es que ahora me siento fatal por haber pensado así. Si te soy sincera, venía con la certeza de que sería un tostón de noche, en la que lo único que oiría sería a un tío egocéntrico hablando de sí mismo.

–Bueno...gracias –se burló para hacerla sentir mejor.

–Pero si te sirve de consuelo, he de decirte que mi opinión sobre ti ha cambiado por completo. Creo que eres un gran chico con muchas otras cualidades.

–Vaya, gracias –de repente el rostro de Carlos se entristeció –. Creo que es la primera vez que salgo con una chica que piensa eso de mí.

–Pues solo has salido con tontas.

Rieron y siguieron su agradable velada.

Acababan de terminar de cenar y David se bajó del coche, para tirar al cubo de la basura, las cajas de las pizzas ya vacías.

–¿Creéis que todo va bien?

–¡Claro! –Jose no sabía por qué su novia preguntaba aquello.

—¿Por qué? —Joana hacía rato que había comenzado a plantearse lo mismo que su amiga.

—No lo sé. —La chica miró hacia la entrada de la arepera—. Hace ya más de dos horas que están ahí dentro. ¿Cuánto tardan en cenar?

—Tranquila Lara. Seguro que solo están hablando. —Su novio no entendía su preocupación.

—Sí, ya, seguro que es eso —quiso auto convencerse—. Pero ¿y si le ha pasado algo?

—Qué le va a pasar, ¿no ves que el punto del localizador lleva toda la noche en el mismo sitio? —David se rio de la paranoia de su amiga.

—Vale, de acuerdo. —Joana se impacientaba, necesitaba expresar todo lo que estaba pasando por su cabeza—. Pero imagínate que cuando bajaron la rampa, en vez de entrar al restaurante, estaba su compinche esperando. Forcejearon para llevársela entre los dos y a ella se cayó el bolso. El localizador llevaría toda la noche apuntando a un lugar de la carretera, donde estaría tirado tu móvil. —Todos palidecieron.

—Ya entiendo lo que querías decir. —Jose miró a Lara con cara de espanto.

—Y ¿Qué hacemos? —David estaba dudoso—, porque si no bajamos a comprobarlo nos quedaremos con la duda, pero si cuando estemos llegando nos descubre, se va a enfadar y mucho.

—Esperemos quince minutos más y si no han salido, David y yo iremos a comprobar que todo va bien. —Jose agarró con fuerza la mano de su novia.

Pasó un desesperante e interminable cuarto de hora y los chicos se bajaron del vehículo y se dirigieron hacia la rampa que daba a la arepera. Cuando estaban llegando divisaron a Carlos y a Alba que subían la cuesta de hormigón. Iban riendo y parecían estar pasándolo realmente bien. David los vio y agarró a Jose del brazo y tiró de él. Corrieron hacia la furgoneta como alma que lleva el diablo. Se subieron al vehículo jadeando, por la carrerita.

Alba y Carlos se montaron en la moto, pero esta vez condujo ella. El chico se lo había pedido. Cuando arrancaron la cogió de la cintura, aunque era algo incómodo, por la diferencia de altura. Fue dándole las indicaciones, para llevarla a otro lugar. La furgoneta se puso en marcha unos minutos después.

Por fin el punto rojo del localizador de la pantalla de Joana volvía a moverse. Llegaron hasta una avenida peatonal que bordeaba una playa. Lara les informó que era la playa de Puerto Naos. La pareja detuvo su vehículo de dos ruedas y comenzó a caminar por la avenida.

Los cuatro amigos observaban a Alba comportándose como una chica por primera vez. Ella siempre había sido un poco arisca para las relaciones, sobre todo en los comienzos. Nunca la habían visto tontear de aquella manera tan femenina.

Había farolas a ambos lados del camino, lo que le daba un aspecto muy romántico al paseo. Iban hablando de cosas de la infancia, gustos, anécdotas, etc. Parecía que se lo estaban pasando realmente bien y saltaba a la vista que habían conectado. Llegaron a unos bancos de madera y Carlos se sentó en el respaldo de uno de ellos, poniendo los pies en el asiento. La cogió de la mano y la sentó a su lado, pero no la soltó, siguió sujetando su mano con fuerza. Ella lo miró y le sonrió, pero no se dijeron nada. Pasaron un largo rato así, mirándose a los ojos el uno al otro. Luego observaron la preciosa vista que desde allí tenían. La playa de noche estaba vacía, el mar en calma y el cielo completamente iluminado. Las numerosas estrellas se reflejaban en el agua dándole un toque mágico al paisaje.

Aquel cielo, le recordó a Alba el que había contemplado noches atrás con Saúl y de repente se sintió confusa. Recordó al chico y lo que este le hacía sentir, pero no podía negar que Carlos la había conquistado por completo. Sintió un nudo en el estómago, aquello nunca le había pasado, tenía el corazón dividido.

Los ocupantes de la furgoneta estaban cada vez más tranquilos. El miedo de que le ocurriera algo a su amiga, se les había pasado. Todavía no podían descartarlo como sospechoso, porque a lo mejor estaba intentando conquistarla para ganarse su confianza, sacarle información y luego volver a los brazos de su cómplice. Esta idea, convencía sobre todo a los dos chicos.

—¿Qué te pasa? —Calos había notado un cambio en el estado de ánimo de su acompañante.

—Nada—dijo mirando al frente.

—Puedes contármelo. —Puso su dedo índice bajo su barbilla y le giró suavemente la cabeza hacia él, hasta que sus ojos se encontraron.

—De verdad, estoy bien. —Forzó una sonrisa, pero no fue muy convincente.

—Es por Saúl ¿verdad?

La chica agachó la cabeza y no contestó.

—Tenía que haberlo visto venir. Ahora entiendo por qué estaba tan distante conmigo —hizo una pausa—. Pero, no tenéis nada todavía ¿no?

—No, la verdad es que no esperaba que tú...me gustaras —sonrió disculpándose.

—Te entiendo, pero, si no estás con él y no tienes las cosas claras todavía ¿me dejarás que intente conquistarte?

—¿Qué? —su rostro mostró su sorpresa. Acababa de decirle que estaba entre él y otro chico y en vez de enfadarse le pide que le deje intentar conquistarla. Cada vez era más maravilloso, lo cual no la ayudaba nada.

—Sí —le sujetó las dos manos —. Tú no estás con nadie ¿no? Y yo siento algo que creo que nunca había sentido. Sé que es pronto para que te diga esto, nos acabamos de conocer, es la primera vez que salimos, pero no había conocido a nadie como tú. Déjame intentarlo, no decidas nada aún.

—No sé qué decir. Es muy halagador, pero me siento mal con todo esto, a mí no me gusta jugar con la gente.

—No es un juego. Yo entiendo que nos acabas de conocer, que estás confundida y que necesitas tiempo para conocernos mejor a los dos. Lo acepto.

—Eres un sol.

¿Tendría algún fallo aquel chico?

Se quedó mirándolo y le sonrió, pero a él le cambió la cara, como si estuviese escuchando con atención.

—Alba, te está sonando el móvil. —Sus ojos se habían clavado en el bolso de la chica. Ella escuchó la melodía que sonaba, aunque se oía bastante baja.

—No es el mío, mi móvil suena diferente.

—Pero, está sonando dentro de tu bolso.

—No puede ser. —La chica puso las manos en el bolso y sintió que algo vibraba. Lo abrió y rebuscó, hasta dar con el bolsillo en el que Lara había escondido el teléfono. Había dejado de sonar, pero aun así lo encontró—. ¡Este es el móvil de David! —dijo mirándolo extrañada— ¿Cómo habrá llegado a mi bolso?

—Creo que puedo imaginármelo, pero no entiendo el por qué.

Ella lo miró con curiosidad, esperando su explicación.

—¿No te acuerdas de que antes de salir, Lara se comportó de forma extraña y te cogió el bolso?

—¡Es verdad! Cuando me pidió los pañuelos. Ya sabía yo que aquello era muy raro, ella sabe que yo nunca llevo de eso. Pero ¿Por qué?

—A eso sí que no le encuentro respuesta. —El chico tampoco entendía nada.

—A no ser... —a la chica le cambió la cara.

—A no ser ¿Qué? —estaba intrigado.

—¿Tienes Facebook?

—¿Qué si tengo... —¿A que venía aquello ahora? —. Sí, si tengo.

—Y ¿no recuerdas ver una publicidad de un programa para localizar quien quieras a través del móvil? —A Alba comenzó a hervirle la sangre.

¿Por qué sus amigos le habían hecho aquella jugarreta?

—¡Sí! Ya lo recuerdo. Pero tú crees que ellos...pero...por qué.

—No tengo ni idea, pero lo averiguaré. —Estaba indignada.

Con disimulo comenzó a mirar hacia todos lados, buscando la furgoneta de Jose, pero no la encontró. Estaba segura de que se encontraban cerca. Seguramente en algún sitio donde no hubiera mucha luz, para no ser vistos, pero a poca distancia, para verlos, aunque seguía sin entenderlo.

Ella continuaba hablando con Carlos, fingiendo que se reía, para que sus amigos no sospecharan nada, pero seguía buscándolos. Después de analizar los alrededores dedujo, donde podían estar escondidos, pero desde allí no los veía y no podía acercarse sin más porque se irían al verla aproximarse, así que en unos segundos planeó lo que haría a continuación.

Necesitaba la ayuda de su acompañante, el cual no estaba muy convencido del plan. Había notado que los dos chicos del grupo de Alba no le miraban con muy buenos ojos y si le ayudaba a descubrir lo que habían hecho aquella noche, empeoraría las cosas. Aun así, decidió ayudarla. La verdad es que no podía resistirse a hacer lo que ella le pidiera.

Los dos chicos caminaron hacia una calle, que subía desde la calle principal, a la paralela con el paseo. Carlos se apoyó en la esquina y Alba se colocó frente a él, en la calle que subía, quedando fuera de la vista, de donde ella había deducido que podía estar la furgoneta con sus amigos dentro. Ellos pensarían que estaba detrás de la esquina hablando con el gaditano. Le dio el móvil de David a Carlos y caminó calle arriba. Torció en la primera calle a la izquierda y caminó en línea recta, hasta pasar tres calles más. Luego bajó por la cuarta calle y ¡bingo! Allí, en la esquina de abajo, estaba la furgoneta de Jose. Bajó toda la calle y vio a sus amigos que no le quitaban la vista de encima a Carlos, que seguía apoyado en la esquina, simulando que hablaba con la chica. Alba se colocó en la ventana del copiloto, ya que todos miraban hacia el lado contrario y sin pensárselo tocó con fuerza en la venta, dando a sus amigos un susto de muerte.

Los chicos se quedaron petrificados al verla.

Lara que iba de copiloto, bajó la ventanilla.

—Alba, ¡qué casualidad! Vosotros también...

—Déjate de chorradas ¿Qué estáis haciendo aquí? —cortó a su amiga.

—No te enfades, déjate que te expliquemos...

—¡Qué me expliquéis! ¿el qué? —dijo muy enfadada—. ¿Que no sois capaces de dejarme sola ni un momento porque pensáis que voy a meter la pata? ¿Qué creíais? ¡que iba a caer rendida en sus brazos y le iba a contar todo lo que hemos descubierto! ¿Pensáis que soy estúpida?

—No es tan sencillo Alba...

—¡Ah! ¿no?

—¡No! —Joana la cortó con un grito. Todos la miraron a sombrados —. No es tan sencillo. Anoche pasó algo y simplemente no queríamos agobiarte, así que no te dijimos nada, pero no podíamos evitar estar preocupados por ti.

—Pues...creo que, en ese caso, bueno, no sé qué decir. —Alba estaba perpleja, no se imaginaba qué podía haber ocurrido para que sus amigos se vieran obligados a seguirla, pero por la cara de Joana, debía de ser algo gordo —. Imagino que tenía que haber preguntado antes de ponerme así, lo...siento —le costó un poco disculparse, no era algo que hiciera muy a menudo. Normalmente hacía como si no hubiese pasado nada—. Luego, cuando llegue al hotel, quiero que me contéis qué ha pasado, porque, aunque me está matando la curiosidad, no es el momento. —La chica miró a Carlos, que no se había movido de su sitio, aunque ya había dejado de simular que Alba estaba con él y no le quitaba el ojo a la furgoneta—. Estoy bien y creedme, Carlos no es nada de lo que podáis haber imaginado —sonrió y miró a sus amigas—, luego os cuento.

—Bien—habló Jose por primera vez—, creo que es hora de irse. Alba, si no te importa, quédate con el móvil de David, así nos quedaremos más tranquilos.

—De acuerdo y ... chicos... gracias por preocuparos por mí, os quiero.

Todos se sorprendieron de su actitud, ella no solía expresar sus sentimientos y menos de aquella manera.

La chica dejó que se marchara la furgoneta, antes de volver con Carlos y se inventó una historia "creíble" de por qué sus amigos la habían estado siguiendo. A él no le convenció en absoluto, pero no se lo dijo.

Continuaron la velada en el mismo banco del paseo, pero esta vez no hablaron de Saúl, ni de sentimientos, simplemente lo pasaron bien, conociéndose.

Llegaron al hotel, unas dos horas después que las dos parejas.

Alba lo había pasado realmente bien. Ahora tenía una opinión totalmente diferente respecto a Carlos, aunque no estaba segura de si eso era bueno o malo. Sabía lo que sentía por Saúl, aquel chico flaco, de pelo desgreñado, inteligente y de gran personalidad y desde luego ahora también sentía algo hacia el andaluz de metro ochenta y cinco, ojos azules, grandes músculos, cantante, etc, etc.

Estaba tan confundida.

Carlos la acompañó hasta la puerta del hotel y antes de marchase la agarró de la cintura y se acercó despacio, pero la chica, puso su mano en los labios del joven, deteniendo sus intenciones. Este sonrió, retrocedió y le dio las buenas noches.

Saúl lo había visto todo desde su ventana, a la que se había asomado al oír el sonido de la moto de Alba.

Le hervía la sangre.

Imaginaba que la cena había ido de maravilla. Carlos había intentado besarla y aunque ella no lo dejó, se le dibujó una sonrisa en el rostro.

Cuando entró al hotel sin poder dejar de sonreír, miró a las escaleras y recordó que sus amigos tenían que contarle algo importante.

COMPORTAMIENTO JUSTIFICADO

XIII

Subió como una exhalación y fue directa a la habitación de Lara y Jose, estaba segura de que todos estarían allí. No se equivocó. Joana abrió la puerta. Alba no sabía si estar enfadada por lo que habían hecho sus amigos o agradecida. Tenía que conocer primero la historia.

—Y bien...

Todos la entendieron.

Sus amigos escudriñaron su rostro, pero no consiguieron averiguar su estado de ánimo.

—Alba —comenzó a hablar Lara, pues era la única que la hacía entrar en razón, cuando se ponía en plan cabezota—. Sé que tienes todo el derecho del mundo a enfadarte por no haberte contado esto antes, pero antes de que te pongas hecha una furia, quiero que sepas que te lo ocultamos porque pensamos que ya tenías bastante con todo lo que te estaba sucediendo.

La chica la miraba inexpresiva.

—La otra noche —fue el turno de David—, cuando leímos el diario de Alejandra, Joana y yo fuimos a dar un paseo por los jardines. Oímos al otro lado del parterre, que daba a otro camino a dos personas hablando. Me pareció raro, dado lo tarde que era, así que Joa y yo nos agachamos y nos pusimos a escuchar. —Alba lo miraba fijamente, sabía que ahora venía lo interesante—. Eran un hombre y una mujer, pero hablaban tan bajo, que, si era alguien del hotel, fuimos incapaces de reconocer sus voces. Ella decía que estaba segura de que nosotros sabíamos más de lo que decíamos saber, sobre Alejandra y él dijo —miró a sus compañeros— que no había servido de nada registrar tu habitación.

—¿Veis? ¡lo sabía! Alguien registró mi habitación. —Estaba eufórica, pero al comprender lo que sucedía se le pasó—. Pero no lo veo un motivo de peso como para seguirme y espiarme...

—Hay más —la cortó Joana—. Mientras escuchábamos...me desequilibré, sin querer, y pisé una rama que hizo bastante ruido y me oyeron, así que la mujer le dijo al hombre que corriera tras nosotros, que los accidentes ocurrían. —A Alba se le iban a salir los ojos de las órbitas—. Huyendo de ellos, nos escondimos en el pinar, que hay al fondo del jardín, pero se acercaron, así que David tiró una piedra hacia el interior de la arboleda. Ellos corrieron hacia el estruendo y nosotros nos dirigimos como alma que lleva el diablo, a la entrada trasera del hotel.

—La puerta estaba cerrada —continuó David—, y vimos dos sombras negras salir de entre los árboles y acercarse a toda velocidad hacia donde estábamos nosotros.

—Y ¿Qué hicisteis? —Alba no se podía creer lo que estaba oyendo.

—Aquí Swagsenegger —se burló Joana— intentó tirar la puerta de una patada —se rio y miró a su novio divertida—, pero se quedó ahí, en un intento. Así que se me encendió una lucecita y busqué en el macetero que había en el alféizar de la ventana y encontré la llave de la puerta.

—La cerramos —a David se le ponían los pelos de punta al recordarlo—, cuando casi nos habían alcanzado e imaginando que se dirigirían hacia la puerta principal, corrimos hacia nuestra habitación para encerrarnos. Y cuando cerramos la puerta oímos pisadas en la escalera.

—¿Lo entiendes ahora? —Lara miraba a su amiga que se había quedado sin palabras.

—...si, entiendo que estuvieseis asustados —comenzó a hablar—, pero no por qué me seguisteis cuando salí con Carlos.

137

—¡Alba! —dijo Jose— ¿qué parte no has entendido de que no identificaron las voces?

—Sí, podría ser cualquiera—añadió Lara —. Dos personas del hotel o una persona del hotel compinchada con otra de fuera.

—Pero ¿Carlos? Ya os digo yo que no —sonrió.

—Eso no puedes saberlo, así que como no tenemos ni idea de quien se trata, es mejor que seamos cautos —David se puso serio al decir esto y todos miraron para Alba.

—Está bien. Sé que tenéis razón y entiendo lo que habéis hecho por mí esta noche, seré más precavida. Pero os aseguro que Carlos no es una de las personas que oísteis la otra noche.

—Bueno, de todas maneras, no te alejes del hotel con nadie. —Lara se sintió como su madre por un momento.

—Vale, así lo haré —puso los ojos en blanco resignada.

Era bastante tarde, así que se fueron a dormir. Todos estaban deseando poder pasar más tiempo leyendo el diario de Alejandra. Tenían curiosidad por saber cómo continuaba la historia de aquella chica tan desgraciada. Pero debían de ser cuidadosos, para que nadie sospechara lo que habían descubierto.

Lara y Jose se hallaban en la cama, con la luz apagada, preparados para dormir. Ella se viró hacia su novio.

—¿Crees que hemos hecho bien hoy, en seguir a Alba?

—Quiero creer que sí. Yo nunca había hecho nada semejante, pero con todo lo que está pasando, ¿qué otra cosa podíamos hacer? —Jose pensaba que habían actuado correctamente.

—Sí —se auto convenció Lara—. No podíamos dejarla sola con Carlos, sin saber si es de fiar.

—Tu tranquila, no va a pasarnos nada a ninguno de nosotros —La abrazó y le dio un beso en la mejilla—. Te lo prometo.

Mientras, Joana y David estaban sentados en la cama. Ella estaba peinándose el pelo, porque Lara le había comentado, que cuanto más se cepillaba, más brillo tenía. David había cogido una hoja de un bloc y un boli. Estaban hablando sobre la noche anterior. Habían apuntado los nombres de todos los que podían ser sospechoso, sin de dejarse a nadie, para ver si podían relacionarlo con algo de lo que hubiera ocurrido la noche anterior. Intentaban recordar todo lo sucedido. La conversación, las voces, las siluetas negras que corrían detrás de ellos. Lo único que sacaron en claro, fue lo que ya sabían, que se trataba de un hombre y una mujer. La conversación no revelaba ningún detalle, como para poder averiguar quiénes eran. Las voces eran irreconocibles y pasaron tanto miedo que no recordaban las siluetas de sus perseguidores. No sabían si eran gordos, flacos, altos o bajos, solo sabían que los aterrorizaron.

Alba volvió a su habitación y se tumbó en la cama. Estaba hecha un lío. Pensaba en Saúl y en cómo se sentía cuando estaba a su lado. Le gustaba. Aquella noche viendo las estrellas, el día en la piscina y esos celos incondicionales que resultaban tan halagadores, aunque ella no lo demostrara. Le parecía muy atractivo, era el típico chico que a ella siempre le había gustado. Un poco más alto que ella, delgado, con una cara bonita y el peinado a lo Justin Bieber en sus comienzos.

Por otro lado, estaba Carlos. Alto, guapo, músico, simpático. No tenía ningún desperdicio y tenía que reconocer que también se sentía muy bien y muy cómoda en su compañía. Sintió mariposillas en el estómago cuando este intentó besarla, pero aquel beso no la hubiera ayudado mucho a aclarar sus ideas, sino todo lo contrario. Sumergida en esta espiral de pensamientos, se quedó profundamente dormida.

Iba caminado vestida con una ropa muy antigua, aunque bastante elegante. Una larguísima trenza castaña volvía a caer sobre su hombro, hasta la cintura. Las calles eran muy diferentes a las que ella estaba acostumbrada. Y sentía una profunda pena en su corazón.

Sin lugar a duda, volvía a ser Alejandra.

Paseaba junto a una mujer mayor que ella, seguramente su institutriz, por el cariño que sintió hacia ella al mirarla. La ciudad había sido saqueada. La gente estaba revolucionada se veían piratas borrachos por las calles. Las dos mujeres intentaban pasar lo más desapercibidas posibles, a paso ligero, por un lado de la calle.

—No sé cómo habéis convencido a vuestro padre para que os dejara venir a la ciudad, con todo lo que está ocurriendo— dijo de repente su acompañante.

A continuación, Alba dejó de ser la dueña de sus actos y simplemente habló con aquella mujer.

—Querida Carmina— se enganchó afectuosamente a su brazo —. Necesitaba salir de aquella casa, en la que mi único pensamiento era el de que mi injusto padre, me había prometido con un total desconocido. Le he mentido. Le rogué que permitiera venir a encargar unos vestidos nuevos, para la llegada de mi futuro esposo —una lágrima rodó por su mejilla.

—Mi querida niña —se detuvo y se colocó frente a ella para intentar consolarla—. Sé que estáis dolida, pero me consta que vuestro padre solo quiere velar por vuestro futuro. Mirad a vuestro alrededor.

—Pues podía haberme consultado —le contestó enfada, pero a la vez dolida.

—Hola preciosa. —Se había acercado a ellas uno de los piratas que rondaban por la capital a sus anchas, totalmente borracho.

Estas lo ignoraron y aterradas comenzaron a caminar en sentido contrario, pero había otro detrás de ellas que les cortó el paso.

—¿Ya os marcháis? —decía mirando a Alejandra. Los dos piratas empezaron a acercarse. Cada uno llevaba un vaso de madera en la mano. Uno de ellos cogió a Alejandra por el brazo y esta lo quitó con fuerza mirando desafiante a aquel bárbaro. Sin duda era mujer de carácter, como Alba. Este se enfureció y lanzó su vaso contra el suelo. Se acercó a ella y la agarró con una mano por la cintura y con la otra por el cuello. Carmina intentó ayudarla, pero el otro bandido la sujetó por detrás y la inmovilizó. Los dos piratas se reían y hacían comentarios entre ellos.

—¡Basta! —se oyó una voz de hombre justo detrás de ellos. Los hombres se giraron desafiantes, pero al ver de quien se trataba, agacharon la cabeza y se marcharon. El hombre se acercó hasta ellas, que todavía estaban recomponiéndose del susto.

—Disculpad a mis hombres, hay veces que no sé si son humanos o animales —hizo una reverencia, quitándose su sombrero. Hablaba con un gracioso acento francés.

Era él. Françoise.

—Pues si son animales no deberías sacarlos del barco —contestó Alejandra furiosa. Estaba consolando a Carmina, que lloraba de impotencia—. Son unos irrespetuosos —lo fulminó con la mirada.

—Ruego aceptéis mis disculpas bella dama, os juro que no volverán a molestaros. —El pirata se colocó su sombrero—. Si me lo permitís, me gustaría acompañaros hasta vuestro destino para asegurarme de que nadie os molesta.

—No necesitamos la ayuda de un pirata...

—Por favor, Alejandra —la interrumpió Carmina agarrándola con fuerza de la mano—. Dejad que este caballero nos acompañe.

—¿Qué? —la miró sorprendida. Vio el miedo en su rostro así que aceptó.

—Alejandra, bonito nombre. Yo soy Françoise Leclerk —extendió su mano y ella alargó la suya, este la besó con delicadeza y levantó su mirada clavando sus ojos verdes en los de la chica.

En aquel momento sucedió. Los dos experimentaron algo que nunca habían experimentado. Ella sintió que el mundo se detenía y que los latidos de su corazón sonaban tan fuertes como un tambor y él, el temido y sanguinario pirata, que había atracado, arrasado y asesinado sin piedad, sintió que, por alguna extraña razón, daría sin pensarlo, su vida por aquella muchacha.

Alba despertó.

Algo la había hecho abandonar aquel maravilloso sueño, pero no sabía el qué. Oyó un pequeño ruido, aunque no supo decir de dónde venía. Volvió a oírlo otra vez y otra, hasta que se dio cuenta de que venía de la ventana. Corrió hacia esta, apartó la cortina y se asomó. Su ventana daba a los jardines.

Era Saúl tirando piedrecitas.

—¿Qué haces? —dijo al asomarse por la ventana.

—Tengo que hablar contigo ¿puedes bajar?

—¿Ahora? ¿Has visto la hora que es? —preguntó sorprendida.

—Por favor, necesito que hablemos —casi le rogó el muchacho.

—Espera, ya bajo. —Miró por encima todo el jardín y sus ojos se posaron en el oscuro pinar del fondo. Recordó lo que les había pasado a David y a Joana la noche anterior y la promesa que les había hecho a sus amigos de ser precavida.

Pero, por otro lado, pensaba, ¿Saúl? Imposible. No podía ser él.

Sus amigos no estaban tan seguros.

Salió de su habitación, intentando que la puerta no hiciera ruido. Asomó la cabeza, comprobando que no había nadie en el pasillo y caminado de puntillas, se dirigió a la escalera que daba al piso inferior. Saúl estaba esperándola, sujetando la puerta para que no se cerrara.

Por las noches, el hotel quedaba cerrado. Era una tontería que alguien pasara la noche en vela, si había tan pocos huéspedes. Si alguno deseaba llegar más tarde, Paloma se quedaría en la recepción, para recibirlo cuando llegara y luego ella cerraría. Si algún huésped necesitaba algo durante la noche, solo tenía que llamar del teléfono de la habitación, ya que la recepción y la habitación de Paloma tenían el mismo número y esta lo atendería de inmediato.

La chica bajó la escalera y se puso la chaqueta antes de franquear la puerta.

—¿Qué te pasa? —preguntó la chica—. ¿No podía esperar a mañana?

—No —hizo una pausa—. ¿Damos un paseo? —Comenzaron a caminar, pero el chico no decía nada.

—¿Quieres hablar de una vez?

—No tengo nada que decir, solo necesitaba verte. —Sus ojos parecían los de un niño, ilusionado con sus juguetes del día de Reyes.

—¿Qué?

—Sí. —Se metió las manos en los bolsillos—, enfádate si quieres, pero lo único que quería, era verte. Estar un rato contigo —se encogió de hombros.

—No me voy a enfadar —sonrió y se enganchó de su brazo.

El chico también sonrió.

Pasearon durante un rato por el jardín sin decirse nada. Él no quería que aquello acabara y ella tenía en su mente los ojos de Leclerck, clavados en los suyos. Era tan extraño.

Estaba tan confundida. Tenía unos sentimientos muy profundos, estaba totalmente enamorada, eufórica. Sonreía sin parar, sentía mariposas en el estómago. Volaba en una nube, pero no sabía por qué o mejor dicho, por quién. Saúl, Carlos o incluso por el propio Françoise Leclerck. Las imágenes de los tres se apelotonaban en su mente y lo único que sabía con certeza era que se sentía bien. Feliz. Habían estado casi una hora paseando, agarrados, sin intercambiar ni una sola palabra. No les hacía falta. Subieron las escalinatas de piedra y llegaron hasta la entrada. El chico sacó una llave bastante grande, del bolsillo y abrió el portón de la entrada. Sujetó la puerta para que la chica pasase. Al pasar por junto a Saúl, ya dentro, sus ojos se encontraron. Él se acercó y colocó su cara justo delante de la de ella. Sus narices casi se rozaban.

—Buenas noches, que descanses. —Le dio un beso en la fría mejilla, cerró la puerta y se marchó.

Puso su mano sobre la mejilla, en la que le había dado le beso, como quisiera conservarlo. Le pareció muy romántico. Giró sobre sí misma, como una niña pequeña y se dispuso a subir la escalera con esa sonrisilla tonta que adornaba su cara últimamente, pero en lo alto de la escalera vio algo que le hizo cambiar la cara.

—¡¿Qué parte no entendiste de "sé precavida"?! —Lara la estaba fulminando con mirada. Se dio la vuelta y se fue muy enfadada.

Alba puso os ojos en blanco, sabía que su amiga tenía razón. Corrió tras ella, pero esta le cerró la puerta en las narices. Estuvo tentada a marcharse y dejar que se le pasara, pues no tenía excusa. Normalmente, aunque no tuviera razón, se enfadaba y cuando se le pasaba, hacía como si nada hubiera ocurrido, pero esta vez sabía que había metido la pata hasta el fondo y a Lara no se le pasaría el enfado fácilmente.

Tocó a la puerta. Tardaron un rato, se oían susurros al otro lado, como de dos personas que discutían. Alba dedujo que Lara no dejaba que Jose abriera la puerta y este estaría intentando persuadirla. Finalmente abrió y Alba vio como Lara se encerraba en el baño de un portazo. El estruendo alarmó a David y Joana, que estaban todavía despiertos.

—¿Está muy enfada? —preguntó Alba.

—¿Tu qué crees? —El chico estaba muy serio.

—Lo siento...

—No. Deja de decir que lo sientes. Ha ido a tu habitación y al ver que no contestabas se ha llevado un buen susto. Es tu mejor amiga y lo único que hace es preocuparse por ti y tú ¿Qué haces por ella? Solo te preocupas, de que "tu" estás sola, de que "tú" lo estás pasando mal, de que "tu"tu"tu" y no te das cuenta de que a veces los demás también tienen problemas y te necesitan. Este último año te has portado como una verdadera egoísta con tus amigos, sobre todo con ella —señaló la puerta del baño—, que lo único que ha hecho ha sido disculparte y aguantarte. —A la chica se le saltaron las lágrimas—. Todo el mundo tiene que estar ahí cuando tú lo necesitas, pero tú nunca estás para nadie, no te das cuenta de que todos tenemos problemas.

—Lo siento —dijo de nuevo. Agachó la cabeza y comenzó a llorar—. Sé que todo lo que has dicho es cierto y que no me merezco los amigos que tengo. —Se acercó a la puerta del baño.

Tocaron a la puerta, eran David y Joana. Alba los miró, cogió suficiente aire en los pulmones y volvió a girar la cabeza hacia el lavabo. Tocó suavemente.

—Lara, por favor, abre. Lo siento. Sé que no he sido muy buena amiga, que tengo mal carácter y que no siempre estoy cuando se me necesita. Me he comportado como una niña pequeña egoísta y de verdad que lo lamento. —A David y a Joana se les salieron las lágrimas, eran tan sentimentales—. No me dejes sola en esto, te necesito —giró la cabeza y miró al resto de sus amigos—. Os necesito a todos. Están ocurriendo cosas muy extrañas y me gustaría compartirlas con vosotros. Sois mis mejores amigos y me siento muy afortunada de que forméis parte de mi vida, aunque no me lo merezca.

Se oyó como se giraba la cerradura de la puerta. La chica abrió, estaba hecha un mar de lágrimas.

—¿Sabes el miedo que he pasado al ver que no estabas? Pensé que te habían hecho algo.

—Estoy bien. Pero quiero contaros algo. Han pasado más cosas y sonrió.

—¿Alejandra? —preguntó David.

—Sí —la chica volvió a sonreír. Se acercó a Jose, que era el único que permanecía serio—. A ti te debo una disculpa aparte.

La miró sorprendido.

—Sé que no he sido la única que ha estado sola este año. De sobra sé las veces que Lara ha dejado de estar contigo para que yo no estuviera sola o no tuviera que veros siempre juntos. Y nunca te has quejado, ni has intentado separarnos. Gracias.

Jose no contestó, pero su cara lo dijo todo. La perdonaba.

—Bueno. —Alba se frotó las manos—. Estoy deseando poder contaros lo que me ha pasado.

Comenzó su perorata en la que volvía convertirse en Alejandra y sus amigos la escucharon con atención.

—Y ¿crees que realmente fue así como se conocieron? —preguntó David fascinado.

—Solo hay una forma de averiguarlo —dijo poniendo sus manos en su cintura—. Vayamos a leer el diario.

—Alba, ya te he dicho que debemos de ser cautos. No podemos meternos en tu habitación a estas horas de la noche, levantaríamos sospechas.

—¿Sospechas de quién? —preguntó la chica —. Sabes que Paloma, Saúl y los trabajadores del hotel no duermen aquí, sino en la edificación que hay en frente. ¡Nadie va a vernos! —Esta vez he de darle la razón a Alba. —Jose miró a su novia—. Pienso que tenemos que ser tan precavidos como raudos en resolver toda esta historia. Es solo cuestión de tiempo que pase algo más, que esos dos tipos descubran algo o que se pongan nerviosos y se les vaya el asunto de las manos.

Todos se estremecieron con sus palabras.

—Yo no voy a ser objetiva—dijo Joana—, solo quiero saber cómo sigue la historia de Alejandra, así que no opino, decidid vosotros.

—Lo mismo digo. —Su novio la cogió de la mano, apoyándola.

Todos dirigieron sus miradas hacia Lara, como si estuvieran pidiéndole permiso. Era la más responsable y la que más centrada estaba siempre, así que era la que daba las "órdenes".

—Pues no se hable más. Lo que ha dicho Jose es una verdad como un templo. Debemos ser tan cautos como raudos, así que manos a la obra.

Los cinco chicos se encaminaron hacia la habitación de la pelirroja. Dispusieron todo lo más rápido que pudieron para tener el diario de Alejandra de nuevo entre las manos.

Esta vez leyó Lara.

Después de tres relatos, tan tristes y deprimentes como los de la última vez que lo leyeron, llegaron a una página, donde la caligrafía y la dinámica del relato eran totalmente distintos. Comenzaba con un *"Hoy he ido con Carmina a la capital..."* El relato coincidía exactamente, detalle a detalle con lo que Alba les había contado. Aunque Alejandra no había detallado tanto el ataque de los piratas. Los chicos estaban contentos, por fin, Alejandra y el pirata se habían conocido. A partir de ahí no pudieron dejar de leer. Se sentían como en una novela de Shakespeare, con un amor prohibido, encuentros a escondidas y una fiel amiga, en este caso su institutriz, que los ayudaba en la medida de lo posible, para que pudieran verse y hacía de mensajero, llevando y trayendo cartas de los enamorados.

Iban a fugarse con el tesoro que el pirata había escondido en la isla, pero no con todo. La chica explicaba que su amado pirata era el único que sabía el paradero exacto del tesoro. Leclerck iba a compartirlo con su tripulación. Estaba tan enamorado de la muchacha que se había propuesto cambiar de vida. Quería dejar todo aquello y escapar con su amada a un lugar nuevo. Empezar de cero, donde nadie los conociera. Pero no quería robarles a sus hombres. Iba a nombrar un nuevo capitán y una vez cogiera su parte, les haría un mapa para que encontraran el resto.

Era tan feliz.

Pero de repente, llegaron a un relato donde Alejandra volvía a sentirse desdichada. Habían apresado a su pirata y al resto de la tripulación y querían condenarlos y ahorcarlos. Cuando Carmina trajo su última carta, escrita en la cárcel, le trajo un mensaje con esta. Le dijo que en la carta estaba oculto el mapa del tesoro, que solo tenía que mirar con el corazón. El pirata quería que la chica se quedara con el tesoro y huyera, aunque no pudiera ser con él. Quería que empezara una nueva vida.

Alejandra no quiso marcharse sin él y pasaba los días llorando. La tinta estaba corrida por las lágrimas en los relatos siguientes.

Le confesó a su diario que decidió adelantar la boda, porque estaba embrazada del pirata, como bien había contado Paloma. Era lo único que le daba fuerzas para continuar, saber que dentro de ella crecía un bebé de su querido pirata.

Contaba que su marido era muy bueno, que siempre estaba cuidándola y que la adoraba. Ella le cogió cariño, pero nunca lo amó, su corazón pertenecía a otro. Otro al que no podía olvidar. En los últimos meses de embarazo cayó muy enferma y cada vez las fechas de los relatos estaban más alejadas. Por fin llegaron a la última página que la chica escribió.

"Creo que mi existencia sobre esta tierra llega a su fin. La fiebre y los escalofríos no cesan y tengo la sensación de que cada suspiro puede ser el último. No he visto a mi hija, más que la noche en la que nació. Dicen que tiene la piel tostada como yo y unos preciosos ojos rasgados que se aventura que van a ser verdes, como los de mi querido pirata. Por ahora nadie sospecha nada y mi marido adora a su hija. Sé que mi agonía no se va a alargar mucho más y me consuela saber que alguien velará por mi pequeña.

Mi querida y fiel Carmina ha escondido las cartas de mi amado, donde yo le rogué que lo hiciera. No soy capaz de deshacerme de ellas, como mi institutriz me aconsejó. Sé que nadie las encontrará, pues están ocultas, ardiendo bajo mi tristeza.

Cuando comenzó mi romance con Françoise, decidí renovar el mobiliario de mis aposentos, en los que encargué al artesano, un viejo amigo carpintero, que me incluyera un compartimento secreto, en el que esconderé este, mi diario. Lo más prudente sería destruirlo, pero desearía que, dentro de muchos años, generaciones posteriores desvelaran mi verdadera historia. He decidido esconder todas las piezas del rompecabezas por separado, pues juntas sería muy peligroso, si cae en manos equivocadas".

Levantaron la cabeza del diario casi al mismo tiempo. Sabían que en lo que habían leído, estaba la clave para encontrar las cartas que el pirata, pero a ninguno se le ocurría, cómo. Estuvieron un rato pensando y comenzaron a intercambiar opiniones. Llegaron a la misma conclusión, que las dos únicas frases, que no tenían mucho sentido y que podían ser la clave del acertijo eran: Una, el mensaje que Carmina trajo con la última carta del pirata *"...solo tiene que mirar con el corazón..."* y la otra la que Alejandra escribió, en referencia a donde había escondido Carmina las cartas *"...están ocultas, ardiendo bajo mi tristeza..."*

Estaba claro, solo tenían que averiguar, qué habían querido decir Alejandra y Françoise con esto. Pero todos sabían que iba a ser complicado.

Eran casi las cinco de la mañana y los chicos no aguantaban más. No querían cambiar sus planes para que nadie sospechara que habían descubierto algo. Se habían dado cuenta de que no podían confiar en nadie. En el hotel vivían cuatro personas y Carlos venía a trabajar unas cuantas veces a la semana, pero no sabían con quién podían contar. No, no podían desvelar nada, tampoco podían levantar sospechas y se habían percatado, de que, sobre todo, no podían seguir perdiendo tiempo.

Decidieron que fuese como fuese debían quedarse en el hotel. Volver a leer el diario de Alejandra e intentar, disimuladamente, sacarle más información a Paloma. Lara propuso que uno de ellos fingiera que estaba enfermo y como en la habitación que más tiempo pasarían era en la de Alba, tenía que ser ella.

Trazaron un plan para el día siguiente y se fueron a descansar.

DIA DE DESCANSO

XIV

Aquella mañana, no se levantaron hasta las once. Bueno, Alba hasta las doce no dio señales de vida. Estaban cansados. La noche anterior había sido agotadora, muchas emociones e información para procesar. Lara, nada más levantarse, siguiendo el plan acordado, bajó a hablar con Paloma. Le preguntó que si había posibilidad de que pudieran quedarse a almorzar en el hotel, ya que Alba había caído enferma y no pensaban salir en todo el día. La dueña del hotel no les puso problema y enseguida llamó a Amparo, para informarla y encargarle que hiciera algo de comer.

—Siento que Alba haya enfermado, pero si te soy sincera, me alegro de que paséis el día aquí —le dedicó una preciosa sonrisa.

—Sí, la verdad es que nos hace falta descansar un poco, llevamos unos días sin parar —la chica le devolvió la sonrisa.

—¿Qué le pasa a Alba? No tendrá nada que ver con Alejandra, ¿no? —dijo esperanzada.

—No, no, no te preocupes, es una pequeña gripe, seguro que mañana no tiene nada —la despreocupó la chica.

—Eso espero.

El plan estaba en marcha. Se quedarían durante todo el día en el hotel y nadie sospecharía nada. Se reunieron en la habitación de Alba e intercambiaron opiniones durante un rato, pero no llegaron a ninguna conclusión que los llevara a las cartas que Alejandra había ordenado esconder. No sabían si habían pasado algo por alto, así que decidieron que había que volver a leerse el diario, desde el momento en el que ellos se conocen, pero era casi la hora de comer, así que tendrían que dejarlo para luego.

Tocaron a la puerta, Alba corrió a la cama y sus amigos se colocaron junto a ella, como si la estuviesen acompañando. Jose abrió la puerta. Era Saúl.

—Hola. Venía a ver como estaba Alba.

—Pasa —le invitó a entrar.

Se acercó hacia donde estaban todos y saludó con mano.

—¿Cómo estás? —preguntó—. Mi madre acaba de decirme que te encontrabas mal. Debiste coger frío anoche, no debí decirte de salir a pasear —estaba un poco incómodo por tener que hablar delante de los demás, pero no parecían tener intención de irse, así que no le quedó más remedio.

—No estoy tan mal, no te preocupes. Mañana seguro que estoy otra vez dando guerra.

Todos rieron.

—Creo que es el término más adecuado, para lo que tú haces —dijo Lara.

Saúl se acopló allí con todos y aunque a los chicos les agradaba su compañía, todavía no podían descartarlo como sospechoso.

A las dos menos cuarto sonó una alarma en el móvil de Saúl y el chico les informó, que era la hora de la comida. Se incorporaron y bajaron al comedor.

Alba intentaba hacerse la enferma, pero sin pasarse.

Todos fueron muy amables, tanto que los chicos estaban desconcertados. ¿Cómo era posible que alguna de aquellas personas tan encantadoras fuera un ladrón o algo peor? A lo mejor se equivocaban y las personas que estaban detrás de todo aquello, no formaban parte de aquel encantador grupo. Cabía la posibilidad de que a alguien se le hubiese escapado alguna información de lo que estaba ocurriendo en La Mansión y se tratara de alguien de fuera. Por más que desearan que aquello fuera así, no podían descartar a nadie.

Pasaron una agradable velada, en la que a Alba a veces se le olvidaba que estaba "enferma" y sus amigos tenían que recordárselo.

Después de la comida, se reunieron en el salón que estaba al otro lado de la sala, para tomar café y charlar un rato. El plan seguía con intentar sacarle información a Paloma lo más disimuladamente posible y sin desvelar ningún detalle de los que ellos ya conocían, pero no sacaron nada nuevo.

Volvieron a la habitación de Alba y pasaron la tarde leyendo de nuevo el diario de Alejandra. Estaban seguros de que, en él, se desvelaba el lugar exacto de las cartas. Sobre las seis, tocaron a la puerta. Escondieron el diario bajo la almohada de Alba y Lara abrió. Eran Saúl y Carlos. El chico había llamado por la mañana al hotel para hablar con la joven que le había robado el corazón y Paloma lo informó de que había caído enferma, así que vino a verla. A Saúl no parecía agradarle mucho la presencia del chico. Lara les dijo que Alba estaba descansado, que cuando se despertara, los avisaría. Así que los dos muchachos se marcharon.

Llegó la noche y Amparo vino a informarles de que la cena estaba preparada.

No podían creerse que llevaran toda la tarde intentando averiguar la localización de las cartas y no hubiesen conseguido aclarar nada. Estaban empezando a creer, que a lo mejor Alejandra no había revelado en su diario ninguna pista.

Bajaron al comedor. Iban un poco desanimados, aunque durante la cena, intentaron olvidarse del tema y pasarlo bien. Al terminar volvieron al salón y Paloma le rogó a David que tocara alguna pieza, a lo cual el chico accedió encantado. Lara comenzó a recorrer la estancia con la mirada y se percató de algo que estaban pasando por alto. Ellos habían dado por sentado, que las cartas debían de estar en la habitación de Alejandra, pero ¿y si no era así? ¿y si estaban en otra estancia de la casa? Siguió observando atentamente y se fijó en el cuadro de Alejandra. Volvió a analizar aquel retrato que ya había visto antes, pero esta vez con más detalle. El rostro de la hermosa joven denotaba una profunda tristeza. Siguió analizándolo y volvió a ver el espejo, así que obviamente el cuadro se había pintado después de conocer al pirata, ya que el espejo era la llave para descubrir los compartimentos ocultos que Alejandra había ordenado incorporar a los muebles que encargó tras conocer al pirata. Pero su expresión era de angustia y ella recordaba que sus relatos, mientras vivió el romance con Françoise eran los de una persona feliz. Este último pensamiento le hizo darse cuenta de que el cuadro tenían que haberlo pintado después de que capturaran a Leclerc, así que en aquel retrato Alejandra ya estaba embarazada. Entonces cayó en la cuenta, ¿Cómo no lo había visto antes? *"...ocultas, ardiendo bajo mi tristeza..."*. ¡Se refería al cuadro! Las cartas debían de estar en un compartimento secreto en la pared justo debajo de la obra. Pero ¿Cómo podrían comprobarlo?

David terminó la pieza y todos aplaudieron.

—Alba —dijo Lara terminando de forma tajante con los aplausos. Todos al miraron—. Tienes mala cara, creo que deberías meterte en la cama no vayas a empeorar.

—No, me encuentro bastante bien —Lara le hizo señas con el rostro disimuladamente y David se dio cuenta.

—Lara tiene razón Alba, no tienes buen aspecto. —El chico le guiñó un ojo disimuladamente.

—Bueno, a lo mejor... sí que debería irme a descansar. Anoche no dormí muy bien.

Paloma y los demás se miraban extrañados, pues la chica parecía estar estupendamente.

—Pues, espero que descanses —dijo Paloma desconcertada.

—¿Te acompaño? —preguntó Saúl, que deseaba pasar más tiempo con la muchacha.

—No, no te preocupes —dijo Lara antes de que su amiga metiera la pata—, ya la acompañamos nosotros. Buenas noches —se despidió con una amplia sonrisa en el rostro.

Tras despedirse, los chicos fueron a la habitación de Alba. Querían saber por qué Lara los había sacado del salón aquella forma tan apresurada. La joven iba a paso veloz por el hotel en dirección a las habitaciones y sus amigos iban tras ella.

Llegaron a la habitación de Alba y Lara fue la última en entrar. Antes de cerrar la puerta, se aseguró de que nadie los había seguido.

—Chicos, creo que ya sé dónde están las cartas —susurró, pues, aunque se había asegurado de que nadie los había seguido, no quería correr riesgos innecesarios.

—¿Dónde? —preguntaron sus amigos al unísono.

—Bien. Dedujimos que la pista de donde se encontraban las cartas era la frase *"ocultas, ardiendo bajo mi tristeza"*, ¿no?

—Sí —volvieron a hablar todos juntos.

—Y dimos por sentado de que las cartas estarían aquí en la habitación, pero ¿y si no están aquí?

—Es posible. —Jose la miraba muy atento, le encantaba cuando se devanaba los sesos.

—Pueden estar en otra estancia de la casa y creo saber dónde.

Todos clavaron sus ojos expectantes en ella, esperando que acabara la frase

—El retrato de Alejandra ¿Recordáis lo triste que aparece? Puede estar en algún compartimento secreto en la pared.

—Sí —Alba se quedó pensativa— tiene bastante sentido.

—Pero ¿Cómo vamos a buscarlas? —preguntó Joana.

—Vamos a tener que esperar a que todos se vayan y cierren el hotel. Luego bajaremos con unas linternas y las buscaremos.

—¿Tú tienes linternas? —preguntó David—, porque yo no.

155

—Claro que sí. Las que compramos para irnos de acampada —sonrió su novia.

La acampada, ya ni se acordaban de ella.

Quedaron en irse cada uno a sus respectivas habitaciones para no despertar sospechas y Lara le recordó a Alba que no podía quedarse sola con nadie, así que si Saúl aparecía tenía que decirle que necesitaba descansar.

A la una de la mañana se reunirían en la habitación de Lara y Jose.

Como bien había previsto su amiga, sobre las once tocaron a la puerta de Alba.

Era, como no, Saúl.

La chica, fingió encontrarse bastante mal y aunque lo que deseaba era invitarlo a pasar, tuvo que decirle que se marchara.

A la una, ya estaban todos reunidos.

—Creo que lo mejor será que dos vigilen, mientras los otros tres intentamos encontrar las cartas. He pensado que Jose y David podrán vigilar y nosotras comprobamos si estoy en lo cierto.

Todos asintieron.

Bajaron las escaleras con cautela y Jose y David se quedaron en la recepción para asegurarse de que nadie venía. Las chicas se dirigieron al salón y llegaron hasta donde estaba el cuadro de Alejandra. Joana alumbraba la pared con una de las linternas y las otras dos chicas, observaban y palpaban cada palmo de piedra.

Nada.

Lara sujetó a la linterna y le dijo a Joana que lo intentara ella, que a lo mejor se les estaba escapando algo.

Nada.

Los chicos oyeron pisadas. Alguien estaba subiendo la escalera de la entrada. Introdujeron la llave en la cerradura y Jose y David corrieron hacia el salón. Llegaron hasta las chicas y estas al verles las caras comprendieron lo que ocurría. Se escondieron en la parte del comedor, unos tras las cortinas y otros bajo las mesas, cubiertas por los manteles. Alguien encendió la luz del comedor. Los chicos tragaron saliva, iban a descubrirlos. David, que estaba escondido bajo una de las mesas, levantó apenas, diez centímetros el mantel que la cubría, para ver si distinguía de quien se trataba. Era Saúl. Pero ¿que estaba haciendo tan tarde en La Mansión? Llevaba una caja en la mano y venía en dirección hacia ellos. Soltó la caja encima de la mesa bajo la que estaban escondidos David y Joana y los dos se miraron aterrados. Lara y Alba que estaban tras una de las pesadas cortinas, se apretaron las manos, ellas no sabían aún de quién se trataba. Jose estaba solo bajo otra de las mesas y se le aceleró el corazón.

Al chico le sonó el móvil.

—Dime—contestó y ya todos supieron de quién se trataba—. Estoy en el hotel, dejando lo que me pediste —hizo una pausa—. Sí ya sé que era para mañana, pero no podía dormir — se quedó callado escuchando —. No, no pienso ir a la habitación de Alba, no he venido por eso —estuvo en silencio un buen rato, su interlocutor debía de estar hablando al otro lado de la línea—. Sí, pero ¿cómo vas a averiguar si saben algo más? —escuchó—. No creo que sea una buena idea, pero tú sabrás. Yo no quiero saber nada de todo este asunto, creo que es una locura. Solo espero que lo hagas cuando ellos no estén en el hotel —colgó.

Se apagaron las luces de la estancia y se oyó como se cerraba el portón de la entrada.

Los chicos salieron de sus respectivos escondites. Se miraron asombrados ¿Qué había querido decir todo aquello? ¿Qué pretendía la persona con la que estaba hablando? ¿Serían ellos los perseguidores de David y Joana?

—No me lo puedo creer —dijo Alba.

—No saquemos las cosas de quicio. No sabemos de qué estaba hablando, ni con quien. —Jose quería asegurarse de las cosas, antes de estar haciendo acusaciones.

—Pero ¿es que no has oído la misma conversación que nosotros? —David estaba asombrado por el comportamiento de su amigo.

—Si. —Lara estaba perpleja.

—Creo que Jose está siendo bastante objetivo. Joana fue la única que estuvo de acuerdo con él—. Pensadlo, no ha dicho nada incriminatorio y de sobra sabemos que todos desean conocer el secreto de Alejandra, desde que Alba tuvo el primer sueño.

—Bueno, visto así —Lara ladeo la cabeza mientras pensaba—. La verdad es que podía estar hablando de cualquier cosa. Aunque lo que decía era un poco raro, tenéis que reconocerlo.

—Sí, no te digo que no, pero por experiencia sé que no hay que atar cabos antes de conocer la historia completa. —Joana había tenido muchas discusiones con su novio, por oír conversaciones telefónicas a medias y enfadarse antes de preguntar y dar por sentado cosas que "parecían", pero que no eran.

—Aun así, no podemos descartarlo como sospechoso — afirmó David.

—Por supuesto que no. Yo solo estaba diciendo que no podemos sentenciarlo por esto y dejar de observar al resto — se defendió Jose.

—Bien, pues aclarado todo esto ¿Qué tal si seguimos con lo que estábamos haciendo? —preguntó David— ¿habéis encontrado algo?

—No. —Lara estaba decepcionada—. Creo que mi imaginación me jugó una mala pasada. Mejor vámonos a dormir.

—Espera un momento —dijo Jose—. Recuerdas que Paloma dijo que había cambiado algunas cosas de sitio, para ponerlas a su gusto. ¿y si el cuadro no estaba originalmente donde se encuentra ahora?

—¡Tienes razón! —A Lara se le iluminó la cara—. Pero ¿cómo vamos a saber dónde estaba antes?

—Paloma tiene en la recepción los álbumes con las fotos de cómo estaba el hotel antes de la reforma, vayamos a verlo —sonrió Joana.

—Creo que no va a hacer falta —dijo Alba. Todos la miraron expectantes— ¿Dónde creéis que pueden estar las cartas, si Alejandra dijo que estaban ardiendo?

Todos desviaron la mirada hacia donde Alba tenía los ojos clavados, mientras mostraba una sonrisa picarona.

¡La chimenea!

—Me juego el cuello a que el retrato de Alejandra antes colgaba encima de la chimenea y que las cartas están ahí.

—Eso tiene mucho más sentido. —Lara creía que su amiga estaba en lo cierto—. Pero no podemos permitirnos perder más el tiempo. Lo más seguro es que tengas razón, pero no perdemos nada por ir a comprobarlo.

Se dirigieron a la recepción, entraron por una puertecita, que les llegaba hasta la cintura, ubicada a continuación del mostrador y llegaron hasta la estantería del fondo. Los chicos recordaban donde tenía Paloma los álbumes de fotos del hotel. Bueno, todos menos Alba, pues ella no estaba el día en que Paloma se los mostró a sus amigos. Jose los fue sacando de donde estaban colocados y se los fue pasando a sus compañeros, que estaban sentados en el suelo, escondidos tras el mostrador. Cuando hubo sacado el último se sentó con ellos.

Los cinco jóvenes comenzaron a pasar las páginas de aquellos álbumes, buscando el salón. Tardaron apenas un par de minutos.

—¡Lo tenemos! —exclamó Joana.

Todos dejaron de buscar y dirigieron sus ojos hacia el álbum que tenían la chica y su novio.

Llegaron a las fotos del salón, pero todavía no había aparecido ninguna en la que saliera ni la chimenea, ni el retrato de Alejandra. Y entonces al pasar la página, allí estaba el cuadro de la muchacha. Alba había acertado de pleno. Su sitio original había sido sobre la rocambolesca chimenea. Colocaron los álbumes en su sitio y salieron de allí cuanto antes. David y Jose se quedaron a hacer guardia, como habían planeado desde el principio, pues gracias a que lo habían hecho, Saúl no los había pillado infraganti. Ellas volvieron al salón, para buscar las cartas, pero esta vez en el lugar correcto. Llegaron hasta la chimenea y comenzaron a palpar y a analizar piedra por piedra, buscando cualquier indicio de un compartimento secreto. Después de veinte minutos, no sabían dónde más buscar. Estaban empezando a desanimarse y Lara comenzaba a enojarse.

—No puede ser. —Estaba roja como un pimiento del cabreo.

—Tranquilízate Lara, no desesperes, las encontraremos — Joana intentaba tranquilizar a su amiga, aunque la verdad es que ella también estaba comenzando a perder la paciencia.

—Estoy segura de que es aquí. —Alba miraba ausente la chimenea y la pared de alrededor de esta—. Sé que es aquí, hay algo que me dice que estamos cerca, pero que se nos está escapando algo.

—¡Claro! —exclamó Lara— "ardiendo". —Su cara cambió de repente, estaba eufórica—. ¿No lo veis? Están en el interior de la chimenea.

Sus amigas la miraron con los ojos muy abiertos.

—No pretenderás que nos metamos ahí ¿no? —Joana no lo veía muy factible, a pesar del tamaño considerable de aquella obra de arte.

—¡Yo lo haré! —Lara no podía rendirse, estaba empeñada en encontrar esas cartas esa misma noche y no se iría de allí sin ellas.

Sus amigas se llevaron una gran sorpresa, pues normalmente la chica hubiese preferido que otro hiciera el trabajo sucio. No soportaba mancharse y sin duda de allí saldría hecha un trapo.

—Lara ¿estás segura? —le preguntó Alba a asombrada.

—Si —les sonrió mientras le quitaba la linterna de la mano Joana y se agachaba para meterse por la chimenea.

Cuando estuvo dentro pudo ponerse en pie totalmente erguida y comenzó su exhaustivo análisis del interior de la chimenea. Sus amigas esperaban impacientes cualquier noticia. De vez en cuando tosía por el exceso de polvo.

Creo que he encontrado algo —dijo después de varios minutos en silencio. Sus amigas no le contestaron para que pudiera seguir hablando—. En una piedra alargada, que parece no estar unida al resto, hay algo tallado, pero no se ve a causa del hollín, solo puedo palparlo. —Cerró los ojos y pasó sus dedos por aquel bajorrelieve—. Creo que son dos letras. Una es una A y la otra es una ... —se concentró— ¡una F! Chicas, tiene que ser esto.

Intentó sacar aquel ladrillo de piedra, pero había pasado mucho tiempo y estaba bastante duro. Se quitó una traba del pelo y la pasó alrededor del ladrillo, para intentar separar la piedra del resto, que estaban unidas. Tardó unos segundos más, pero al fin consiguió sacar una piedra rectangular, que tapaba un hueco mayor. La colocó en el suelo y alumbró en el interior con la linterna. Había una caja de madera de un tamaño considerable como para esconder un puñado de cartas. Metió la mano a pesar de que le daba un asco tremendo, por si le aparecía algún bicho —los odiaba. Pero gracias no Dios, no hubo ningún inconveniente. Cogió el ladrillo del suelo y lo colocó en su sitio. Se agachó con la caja entre las manos y salió de allí, bastante manchada de hollín.

Sus amigas la vieron aparecer con la caja y una sonrisa de total satisfacción. Se quitó los zapatos para no ir dejando huellas negras hasta su habitación y corrieron a avisar a los chicos.

Cuando Jose y David las vieron aparecer con el nuevo objeto y sus respectivas caras de felicidad, no hizo falta que les explicasen nada, simplemente, los cinco jóvenes se dirigieron escaleras arriba.

Ya en la habitación de Alba, Lara volvió a asegurarse de que el pasillo estaba vacío antes de cerrar. Se sentaron en el suelo haciendo un círculo, como cuando leían el diario de Alejandra. Lara colocó la caja en medio.

El objeto estaba tallado, aunque no se podía apreciar el laborioso trabajo, por la mezcla de tierra, hollín y telarañas que la cubría. Jose intentó levantar la tapa, pero llevaba cerrada mucho tiempo. David lo ayudó, pero fue en vano.

—Necesitamos algo para hacer palanca. —Jose miró a su alrededor buscando algún objeto que le pudiera servir.

—Pues no se me ocurre nada. —Lara miró también por la habitación.

—En la moto tengo herramientas, pero hay que salir a buscarlas —propuso Alba.

—Un momento —David se quedó pensativo unos segundos y luego miró a su novia— ¿En tu neceser no llevas unas tijeras para el pelo?

—¡Sí! Es cierto —la chica puso cara de satisfacción—, son alargadas y planas, seguro que servirán. Voy a por ellas.

—David —dijoLara—, acompáñala para que no vaya sola.

—Sí sargento —dijo mientras hacía un saludo militar a modo de burla, los demás lo miraron y se rieron de su ocurrencia.

Los dos jóvenes tardaron poco tiempo en estar de vuelta. David le dio la tijera a Jose y haciendo palanca en varios sitios estratégicos consiguió abrirla lentamente.

Allí estaban. Un rollo de hojas con manchas amarillentas de óxido, causadas por el paso de los años. Las sujetaba un aro dorado. Los chicos supusieron, por el brillo y el peso, que se trataba de oro macizo. Sacaron las cartas y comprobaron que las fechas eran correlativas. Estaban perfectamente colocadas por orden. La caligrafía era excelente, como la de Alejandra, lo cual les extrañó. No imaginaban a un sangriento pirata del siglo XVI con buena con letra. Las manchas de óxido cubrían parte de las cartas y había pequeñas zonas del texto que no se podían leer, pero aun así se entendía todo perfectamente.

Estuvieron tentados a pasar directamente a la última hoja, que era donde supuestamente estaba oculto el mapa del tesoro, pero se morían por saber qué escribía en sus cartas el temido pirata, a la dama que había conquistado su corazón. En repetidas ocasiones, Leclerc confesaba que nunca había sentido nada igual. Que desde que la conoció, era como si su vida anterior no tuviera sentido, que la necesitaba a su lado para poder seguir viviendo. Hablaba de cómo quería huir con ella y comenzar una vida juntos.

Fueron turnándose para leer. Había aproximadamente diez cartas. La verdad es que no se pararon a contarlas. Después de un rato de fuertes emociones sensibleras, rubor y alguna que otra lagrimilla, por fin llegaron a la última y esperada carta.

El papel utilizado era el mismo, aunque parecía muchísimo más viejo que los demás, pero el material con el que estaba escrito no. Las cartas anteriores habían sido redactadas claramente, con tinta aplicada con una pluma y en esta parecía que habían utilizado un trozo de carbón o algo similar. La hoja estaba totalmente arrugada y la caligrafía era bastante mala.

Después de leerla, los muchachos se quedaron bastante afectados, pues Françoise le decía a Alejandra por última vez, cuanto la amaba y que prefería morir, que haber vivido sin conocerla. Fue la última carta del pirata, antes de que lo asesinaran.

Intentaron recomponerse como pudieron y después de lo que acababan de leer, les costó recordar, que, en aquel trozo de papel, que tanto los entristecía, debía de estar oculto el mapa que estaban buscando.

Alba fue la que más afectada se quedó. Al fin y al cabo, estaba conectada con Alejandra y cuando leyó aquella carta, pues le había tocado leerla a ella, fue como si Françoise se estuviera despidiendo. Se quedó realmente afectada y le costó bastante reaccionar.

Analizaron durante largo rato la arrugada hoja y se lo fueron pasando, para ver si alguno daba con la solución, pero nada. La única conclusión a la que llegaron fue que el pirata había ocultado el mapa con alguna especie de tinta invisible y siempre lo tenía con él, por eso era el único que sabía dónde estaba escondido el tesoro. En aquel papel fue en el que pudo escribirle la carta a su amada, porque lo llevaría encima en el momento que lo apresaron.

Después del siguiente razonamiento, hicieron un par experimentos estúpidos, por la experiencia del año anterior, para ver si lograban ver algo en el papel.

Nada.

Eran las cuatro de la mañana y los chicos estaban agotados, así que pensaron que sería mejor seguir con aquello al día siguiente. Decidieron que Alba debía de seguir enferma, porque tenían que darse prisa en averiguar cómo había camuflado Françoise el mapa en la última carta.

Enrollaron las hojas, las sujetaron con el aro dorado y volvieron a meterlas en la caja. Creyeron que lo más prudente sería guardarla junto al diario de Alejandra, en el compartimento secreto del armario.

MIRA CON EL CORAZON

XV

A la mañana siguiente Alba se despertó temprano. Le había costado mucho dormirse aquella noche. Cada vez que cerraba los ojos recordaba las palabras de las cartas de Françoise y en especial la última, la de la despedida. A ratos lloraba y de repente Saúl o Carlos venían a su mente y se sentía mejor. Luego volvía el recuerdo de Leclerc y Alejandra y volvía a entristecerse. Era todo muy confuso, sentía que, si no llegaban pronto al fondo de aquel asunto, acabaría volviéndose loca.

Sobre las siete de la mañana decidió que no quería seguir dando vueltas en la cama, así que comenzó a prepararse, aunque no sabía bien para qué, pues el plan del día era seguir enferma y continuar sin salir del hotel. A ella le gustaba estar allí, se sentía como en casa. Otra vez, sin duda, el influjo de Alejandra. Pero no era una situación incómoda.

Sobre las nueve decidió acercarse a la habitación de Lara y Jose, para comprobar si seguían durmiendo, o iban a bajar a desayunar. Joana y David ya estaban con ellos, listos para dirigirse a llenar sus estómagos.

En el salón todo estaba como siempre. El desayuno preparado, las mismas caras amables y sonrientes, pero Alba se fijó en un pequeño detalle, había una silla de más. La chica recordó que Saúl le había contado que el guapísimo jardinero venía unas cuantas veces a la semana a hacerse cargo del jardín. Seguramente la silla sobrante era para él. Sintió que su estómago se encogía. Sin duda tenía ganas de ver a Carlos, pero estando Saúl delante, le resultaba algo incómodo.

Cuando todos estuvieron sentados, por mucho que el chico del cabello alborotado intentó evitarlo, la silla que quedó vacía estaba situada al lado de Alba. Así que la escena fue bastante cómica. Alba estaría en medio de sus dos pretendientes.

Al instante, después de haber ocupado cada uno su lugar, Carlos entró en la sala con ese aire despreocupado y optimista que le caracterizaba. Lucía, por su puesto, su gran sonrisa de dientes blancos y perfectos y sus ojos azules como un cielo despejado, se posaron en la chica del cabello rojo. Su sonrisa se ensanchó aún más, cuando vio que su silla estaba junto a la de la chica. Pero cuando vio quién se sentaba al otro lado, sintió algo que él nunca había sentido y le resultó extraño.

Eran celos.

La muchacha desayunó algo tensa. Desde luego la situación no era como para estar cómoda, pero podía usar la excusa de que seguía enferma, para retirarse pronto, nada más terminar de desayunar.

Se disculpó con el grupo y se retiró. Lara no quería que ninguno de los cinco se quedara solo en ningún momento, después de los sucesos que habían ocurrido, así que apuró el último sorbo de su cola—cao y salió corriendo tras ella, con la excusa de no le parecía correcto dejarla sola.

Todos lo entendieron.

El resto de los chicos, se quedaron en la sala acompañando a Paloma y a Saúl, cuando los otros tres se retiraron para comenzar con sus labores. Antes de que Amparo abandonara la sala, Paloma le dijo, que les preguntara a las chicas si querían que limpiase su habitación, ya que el día anterior ella misma le ordenó que no lo hiciera, para que Alba pudiera reposar tranquila.

Lara alcanzó a su amiga por las escaleras. Se metieron en la habitación de esta y se sentaron en la cama.

—Tienes cara de cansada. —Lara había notado que Alba tenía unas ojeras más oscuras de lo normal.

—Sí, anoche no fui capaz de conciliar el sueño —se frotó los ojos.

—¿Tu? ¿Y eso?

—No dejaba de pensar en las cartas que Françoise le escribió a Alejandra. Me sentía como si fuesen dirigidas a mí —hizo una pausa y clavó su mirada en el suelo—. En mi cabeza no dejan de apelotonarse imágenes diferentes que me tienen confusa. Pienso en Françoise y en Alejandra y me siento fatal. Mi corazón lo envuelve una angustia que no puedo explicar, porque en mi vida había experimentado una sensación semejante. Pero de repente —sonrió y levantó la mirada, clavando sus ojos verdes en los de su amiga—, en mi cabeza aparecen Saúl o Carlos y mi estado de ánimo cambia por completo. No sé cómo explicártelo. Rio, lloro, me estremezco. Son un sinfín de emociones al mismo tiempo, que no puedo describir. Creo que como todo esto no acabe pronto, vais a tener que encerrarme en un manicomio.

—Me imagino. —Lara soltó una carcajada, pues no se esperaba aquella ocurrencia por parte de su amiga—. Hagamos lo siguiente. Tú te acuestas, para que descanses un rato, porque al final verás como caes enferma de verdad y mientras yo me quedaré aquí haciéndote compañía. Así, si te desvelas por algún sueño que te haga sentir mal, estaré aquí para distraerte.

—No es mala idea —sonrió—, pero ¿qué vas a hacer tú en lo que yo duermo?

—Tranquila —la despreocupó mientras echaba mano a algo que llevaba en el bolsillo trasero de su vaquero—. Tengo mi iphone e internet —le dedicó una amplia sonrisa.

—Está bien —le devolvió la sonrisa.

La chica se acurrucó en la cama y su amiga se acostó a su lado con el móvil entre las manos.

Se quedó dormida al instante.

Tocaron a la puerta. Era Amparo y Lara le dijo que no se preocupara por la habitación, que Alba se había quedado dormida.

A los dos minutos, volvieron a llamar a la puerta. Esta vez eran los chicos. Lara les explicó la situación. David y Joana decidieron irse también a descansar, pues llevaban dos noches acostándose tardísimo. Jose en cambio, se decantó por sacar su cuaderno de dibujo y pasar el tiempo haciendo una de las cosas que más le gustaba.

Alba, pronto se vio envuelta en una espiral de emociones contradictorias. No era algo que le extrañase, comenzaba a acostumbrarse a aquella sensación.

La cosa comenzó bien, con Saúl. Paseaba con él por los jardines del hotel, cogidos de la mano. Iban hablando y riendo, aunque no se escuchaban las voces. Se sentía tan cómoda, tan feliz. Llegaron a una fuente, que no había visto en su vida, pero allí estaba, en medio de aquellos maravillosos jardines. Se sentaron en el borde de fuente de piedra y Saúl la tomó de la mano, clavó sus ojos en los de ella, mientras sus labios recortaban distancias entre ellos. Cuando estaban a punto de besarse, oyeron pisadas de alguien que se acercaba. Era Carlos. Llegó hasta ellos y sin mirar a su acompañante, le entregó una rosa a la chica y le tendió la mano, para que se fuera con él. La chica miró a Saúl y luego al jardinero, pero no supo que hacer. De repente, todo el escenario desapareció y se trasladó a otro lugar. Era una especie de frondoso pinar y ella estaba sentada en el suelo sobre una especie de manta antigua. Otra vez volvía a lucir ropajes de época y su cabello se había convertido en una larguísima trenza, que descansaba sobre su hombro y llegaba hasta su cintura. Alguien la abrazaba desde detrás y ella reposaba su cabeza sobre su fornido pecho. Contempló unas mangas blancas, con bordados dorados en los extremos y unos cuantos anillos decoraban unas manos grandes y toscas. Una sensación de paz la inundaba y se encontraba tranquila, segura. Se giró, siendo incapaz de controlar sus actos y contempló de cerca el rostro de aquel hombre que la hacía tan feliz. Le acarició una mejilla, mientras este la miraba con adoración. Él la beso suavemente y luego volvió a mirarla con ternura. Ella sonrió y otra vez apoyó la cabeza sobre su pecho. Sintió algo frío sobre su escote y miró sobresaltada. Era una colgante que Françoise había colocado en su cuello. Lo cogió y lo observó con atención y ...

—Alba, Alba ¿te encuentras bien? —Lara la zarandeó suavemente.

—...Eh ¿Cómo? —La chica abrió los ojos despacio. Parecía confusa— ¿Ha pasado algo?

—No, pero no dejabas de hacer cosas muy raras —hizo una pausa—. No tenía que haberte despertado ¿verdad? —puso cara de disculpa.

—No —le sonrió a su amiga—, claro que tenías que despertarme. Corre llama a Jose y ¡dile que traiga su cuaderno de dibujo! —Alba parecía eufórica, pero Lara que no entendía lo que pasaba y se quedó paralizada—. ¡Lara! Vete a llamar a los demás. —La chica no podía dejar de sonreír.

—Voy, voy —reaccionó y salió por la puerta de la habitación, aunque no todo lo deprisa que a ella le hubiese gustado, por si había alguien fuera, que no sospechase que pasaba algo.

La chica no entendía lo que sucedía, pero tenía que ser importante. Entró en su habitación y vio a su novio sentado en la cama, utilizando lo que Alba le había pedido. ¿Sería una simple casualidad? Lara le arrancó lo que tenía entre las manos y salió corriendo. Él se quedó paralizado en la cama, preguntándose si su novia se había vuelto loca. Ella se paró en seco a la altura de la puerta, al ver que él no la seguía.

—¿A qué esperas? ¡Vamos! —Su novio se levantó de la cama y fue tras ella.

Tocaron en la puerta de David y Joana. Pero los chicos se habían quedado dormidos. Golpearon la puerta un poco más fuerte, pero nada. La muchacha sacó su móvil y llamó a su amiga por teléfono. Esta, contestó media dormida. Lara colgó y volvió a llamar a la puerta. Esta vez Joana abrió. Tenía cara de zombie.

—¿Estáis sordos? —preguntó muy seria—. En un minuto en la habitación de Alba.

La joven comprendió que había novedades y su rostro de zombie desapareció. Se apresuró a despertar a su novio, para acudir lo más rápido posible a donde los había citado "la sargento".

Jose y Lara entraron en la habitación de su amiga y se sentaron con ella en la cama. Esperaron en silencio, contemplando la cara de emoción de Alba, a que llegaran los dos que faltaban.

Cuando estuvieron todos reunidos y sentados en la cama, Alba miró a todos y cada uno de sus amigos y sonrió satisfecha.

—Bueno quieres dejarte ya de tanto secretismo y tanta risita y decirnos de una vez que ha pasado. —Lara estaba indignada por la paciencia con la que su amiga se estaba tomando las cosas.

—Está bien, ya empiezo —se acomodó bien en la cama y comenzó —. Como sabéis, Lara se ofreció a quedarse haciéndome compañía para que yo pudiera descansar un rato. Y la verdad es que me vino de fábula, porque tenerla al lado me inspiró tranquilidad para poder quedarme dormida.

—Abrevia —la cortó Lara, a la que la curiosidad ya la estaba devorando por dentro.

—Ok, ok —puso los ojos en blanco —. Bueno, pues me quedé dormida y tuve un sueño con Saúl y Carlos, en el que me veía entre la espada y la pared, porque tenía que elegir entre uno de los dos.

Sus amigos la miraban esperando que comenzara a contarles algo que tuviera que ver con Alejandra.

—Y de repente me convertí otra vez en Alejandra y estaba en un pinar, haciendo una especie de picnic, pero en aquella época. Estaba sentada con la espalda y la cabeza apoyada en el pecho del pirata y entonces me giré y él me beso. —La chica había tomado mucha velocidad contando la historia—. Luego volví a mirar al frente y algo colgó de mi cuello. Cuando bajé la mirada para averiguar de qué se trataba —ralentizó el relato y bajó la voz para hacerlo más intrigante—, contemplé un precioso colgante antiguo que descansaba sobre mi pecho. —Los miró a todos con una amplia sonrisa en el rostro.

—Alba, yo no sé si soy yo solo —dijo David —, pero no entiendo por qué estás tan contenta, por haber soñado que Françoise le regalaba un colgante a Alejandra.

—Yo tampoco lo entiendo —lo apoyó Lara—. Quizá necesitas descansar más de lo que yo pensaba.

—¡Claro! —exclamó y a continuación soltó una gran carcajada.

Sus amigos la observaron como si realmente se hubiera vuelto loca.

—Es que todavía no os he descrito el colgante —se dio un golpe con la mano en la cabeza por haber sido tan tonta—. Hay veces que pienso que yo os narro lo que sueño y vosotros veis exactamente lo mismo que yo —hizo una pausa. Aquí es donde entra en juego Jose y su cuaderno de dibujo. El colgante tenía forma de corazón, pero no era corriente, así que necesito que lo dibujes porque tenemos que encontrarlo.

—"Mirar con el corazón" —susurró Lara.

—Qué astuto el pirata —añadió Joana.

—Pero Alba, tú dibujas al igual que yo ¿por qué no lo dibujas tú misma? —preguntó Jose.

171

—No, necesito estar concentrada para acordarme exactamente de todos los detalles e ir describiéndotelo mientras tú lo dibujas.

—Es una buena idea —David estaba emocionado.

Jose se situó al lado de Alba y preparó una página en blanco y un lápiz. Alba cerró los ojos y se concentró para recordar cada detalle.

—Atento. Tiene más o menos el tamaño de una nuez. Es bastante pesado y es de oro con una piedra roja engarzada. La parte trasera... —Jose dividió la hoja en dos con una línea, para dibujar las dos vistas del colgante —, es una lámina de oro en forma de corazón, con agujero de unos cinco milímetros en el centro. —Todos se extrañaron de este detalle —. En los bordes tiene unas prolongaciones alargadas, decoradas con unos finos brillantes. —Jose dibujaba a toda velocidad —. Estas extensiones de oro terminan en punta y son las encargadas de sujetar la piedra roja tallada en forma de corazón, como si la estuviesen abrazando— Abrió los ojos y miró lo que había dibujado su amigo —. ¡Perfecto! —sonrió.

Los demás, que habían estado en silencio para no interrumpir, se acercaron a contemplarlo también. Alba se acercó al armario y sacó una caja de lápices de colores, que al igual que su amigo, siempre llevaba con ella. Nunca sabía cuándo le iba a apetecer ponerse a pintar. Cogió el cuaderno y en un instante coloreó el dibujo que había hecho el chico, para se apreciara mejor.

—Hay una cosa que no entiendo —comenzó a hablar David —. El colgante encaja a la perfección con la pista que Alejandra dejaba en su diario, pero no entiendo cómo va a servirnos para encontrar el mapa.

—Imagino que esta perforación —Lara señaló el agujero que había en la lámina de oro trasera—, no está ahí de decoración. Tiene que ser para algo, pero ¿para qué?

—Leí una vez, que, en algún sitio, no recuerdo exactamente donde, utilizaban una tinta invisible, que solo podía apreciarse, mirando a través de ciertas piedras preciosas. —Menos mal que contaban con Alba y su memoria—. Se usaba para enviarse mensajes secretos, sin que nadie pudiera enterarse. Creo recordar que, en una ocasión, una reina de no sé dónde y su amante se enviaban cartas con este método, para organizar sus encuentros a escondidas. El rey acabó descubriéndolo, porque alguien los traicionó y los asesinó a los dos.

—Entonces estás diciendo que, si miramos a través de este agujerito, la última carta del pirata ¿encontraremos el mapa? —Joana estaba fascinada, con la cantidad de información, sobre cosas de las que los demás no tenían ni idea, tenía almacenada Alba.

—Solo hay un problema —Lara los bajó de las nubes—. No tenemos ese colgante y no sabemos dónde puede estar. A lo mejor ya no existe o simplemente no está aquí. Alejandra no dice que lo haya escondido, ni nos ha dejado una pista para encontrarlo.

—Sí eso es cierto —Jose se desanimó.

—Bueno, no perdamos la esperanza, seguro que al final damos con él —David estaba seguro de que lo encontrarían—. Me niego a creer que Alejandra nos ha hecho llegar hasta aquí para nada.

—¿Sabes? —le sonrió Lara—. Creo que tienes toda la razón. Si nosotros no logramos encontrarlo, ella nos lo mostrará.

Emocionados con el nuevo descubrimiento, comenzaron a intercambiar opiniones sobre toda aquella fantástica aventura que estaban viviendo.

Llamaron a la puerta y los chicos le dieron la vuelta al cuaderno de Jose para que no se viera el dibujo del colgante. Lara se apresuró a abrir para no levantar sospechas.

Era Carlos.

Alba se levantó de la cama y se dirigió a la puerta para ver qué quería el chico. Lara volvió con los demás para dejarla hablar a solas con el guapo jardinero, aunque desde donde estaban oían la conversación.

El chico venía a invitarlos a la fiesta de la bajada de la virgen, los chicos ya ni se acordaban ¿tanto tiempo había pasado desde su llegada al hotel? A ellos les parecía, que habían llegado hacía apenas dos días, pero llevaban ya cinco días en La Mansión. Carlos le explicó que esa noche cantaba con su grupo en la fiesta y que le gustaría mucho verla allí. Alba miró a sus compañeros y estos asintieron, al fin y al cabo, era una de las fiestas a las que querían acudir, cuando decidieron dónde veranearían ese año.

El chico se fue con una gran sonrisa de oreja a oreja, después de explicarle donde podían ponerse, para que ellos pudieran asistir a todo el evento. Él no los acompañaría, porque debía acudir con tiempo a donde se celebraba la fiesta.

Pasaron las horas y después de almorzar Saúl le propuso a Alba ir a la misma fiesta a la que la había invitado Carlos. Cuando la chica le explicó sus planes, el muchacho dijo que los acompañaría hasta que llegaran a la verbena, que luego se marcharía. Ella lo comprendió y le agradó la idea de pasar la tarde con el chico del cabello alborotado, aunque era uno de los principales sospechosos.

Sobre la seis, pasó a buscarla por habitación. Ella abrió y le dijo que pasara, que todavía no había acabado de arreglarse. Dejó la puerta de la habitación abierta, poniendo la excusa de que ya estaba terminando, pero en realidad era para que Lara no se enfadara con ella por haberse encerrado con Saúl en la habitación y más, después de la conversación telefónica que le oyeron mantener la noche anterior.

La joven se metió en el baño, para acabar de maquillarse y mientras esperaba, el muchacho posó su vista en el cuaderno de dibujo que había encima de la cama. Sonrió y se acercó con curiosidad. Quería ver los dibujos de la chica, no tenía ni idea de que pintara. Comenzó a pasar las hojas y le extrañó que la mayoría de los dibujos fuesen retratos de su amiga Lara. Él no sabía que el cuaderno pertenecía a Jose y no a Alba. Cuando llegó a la última página su rostro mostró un gran desconcierto. La chica salió del baño y lo cogió infraganti.

—¿Qué haces? —le preguntó muy seria.

—Lo vi encima de la cama —levantó ligeramente el objeto que tenía en las manos, para que la chica supiese a qué se refería—y sentí curiosidad por saber cómo dibujas.

—No es mío, es de Jose —su semblante seguía inexpresivo. ¿Estaría buscando algo?

—Ya decía yo que había demasiados retratos de Lara —sonrió, bajó la cabeza y volvió a contemplar el último dibujo del cuaderno, quedándose serio y pensativo—. Me puedes explicar por qué tienes dibujo de este colgante.

—¿Sabes lo que es? —se sorprendió—. Acaso ¿lo has visto?

—Pues claro. Pero lo que no entiendo es como lo has visto tú.

—Explícate.

—Es una joya muy antigua que se ha ido heredando de generación en generación. Para mi madre es un recuerdo muy especial, ya que no sabe exactamente a quién perteneció, ni desde cuando lleva en mi familia. Vale una fortuna, pero mi madre prefiere cerrar el hotel que venderlo —su cara mostraba perplejidad.

—Espera —sonrió—. No te muevas de aquí. —Y salió corriendo a llamar a sus amigos.

Después de explicarles lo que había pasado y de lo que acababa de relatarle Saúl, tuvieron que tomar una seria decisión. O se buscaban la vida ellos solitos para conseguir el colgante o ponían las cartas sobre la mesa con el chico y hablaban claro para intentar descubrir si era de fiar.

Tras diez minutos de espera, Alba flanqueó la puerta de la habitación, seguida de sus amigos. El muchacho no entendía nada.

—Bien —comenzó a hablar Lara—. Vamos a ser sinceros contigo, pero primero queremos hacerte unas preguntas.

—¿Vosotros a mí? Creo que debería ser al revés. —El chico puso sus manos en la cintura.

—Contestanos a un par de preguntas y te explicaremos todo lo que quieras con pelos y señales —le prometió Jose.

—Está bien ¿qué queréis saber?

—Anoche —volvió a hablar Lara— viniste de madrugada al hotel para traer algo ¿qué era?

La cara del chico era un poema ¿de verdad le estaban preguntando aquello?

—Era una caja con cubremanteles limpios —contestó a la pregunta con cara de sorpresa.

—En el comedor tuviste una llamada telefónica ¿con quién hablaste? —Lara se había hecho la responsable del interrogatorio mientras sus amigos observaban.

—Con mi madre. —Saúl no podía creer que aquello tan surrealista estuviera pasándole a él.

—Y ¿de qué hablasteis?

—Imagino que esa pregunta y vuestra desconfianza hacia mí, viene porque, no sé cómo o por qué, escuchasteis la conversación. Os lo explicaré. Mi madre, me pidió que trajera al comedor los cubremanteles por la mañana temprano, pero como no podía dormir los traje de noche y así daba una vuelta. Al ver que no estaba en mi habitación, mi madre pensó que había venido a ver a Alba, así que me llamó para recordarme que estaba enferma y que no debía de molestarla.

Por ahora todo tenía sentido.

—Luego, empezó otra vez a hablar del tema de Alejandra y a preguntarme si yo creía que vosotros habíais descubierto algo más, pero no habíais dicho nada —hizo una pausa, buscando las palabras adecuadas—. Luego me dijo que estaba pensando en hablar con un amigo suyo que se dedicaba a sesiones de espiritismo, etc, para que viniera a casa a ver si averiguaba algo —su cara mostró su vergüenza—. Por eso le dije que yo no quería saber nada de aquello y que lo hiciera cuando vosotros no estuvierais, para evitar sentirme ridículo.

La historia había encajado a la perfección con la conversación que los chicos habían escuchado en el comedor.

Alba sonrió aliviada.

—Nos toca ¿no? —preguntó David—, se lo debemos.

—Sí, tienes razón—dijo Jose—. Pregunta lo que quieras.

—Ahora mismo la única pregunta que se me viene a la cabeza es ¿Por qué tenéis un dibujo del colgante de mi madre?

—Es una larga historia, creo que deberíamos empezar por el principio. —Alba miró a sus amigos como pidiéndoles permiso.

Todos asintieron.

Le contaron a Saúl toda la historia sin omitir nada. Empezando por el primer sueño de Alba, pasando por el diario, la persecución, las cartas y finalizando con la última visión de la chica, la del colgante. El muchacho no podía creer que todo aquello hubiera sucedido realmente, pero allí estaban las pruebas. Los cinco amigos le mostraron el espejo que se convertía en llave, el compartimento secreto, el diario, las cartas y no tuvo más remedio que creerles. Era fantástico, estaban hablando de un tesoro centenario y estaba al alcance de sus manos. Debían de darse prisa, pues el chico entendió la gravedad del asunto. Gente peligrosa estaba involucrada en todo aquello. Decidieron que no irían a la fiesta, pues no podían perder ni un segundo más, ahora que sabían del paradero del colgante. Alba lo sintió por Carlos, le daba mucha pena darle plantón, pero aquello era mucho más importante.

Le preguntaron a su nuevo aliado si tenía idea de quién podría estar detrás del suceso que vivieron David y Joana.

—La verdad es que no creo que sea nadie del hotel —se quedó pensativo—. Mi madre os puedo asegurar que es lo que veis, buena, simpática, servicial. Ya os digo yo que no le haría daño a una mosca. Amparo y Nicolás llevan con nosotros casi desde que se abrió La Mansión. Viven en el piso de debajo nuestra casa. Antiguamente era la casa donde vivía el servicio, pero cuando mi madre reformó el hotel, en la planta inferior hizo un par habitaciones para los empleados, que no tuvieran donde quedarse y en la planta superior nuestra casa. Al final, mi madre les dejó toda la planta inferior para ellos, ya que cobran el sueldo mínimo, porque se conforman casi, con el alojamiento y la comida. Pocas veces han cogido vacaciones, porque dicen que saben que hacen mucha falta aquí. Es imposible que sean ellos, son como de la familia —hizo una pausa—. Y Carlos es mi amigo desde hace unos cuantos años. Lo que tengo con él ahora mismo, es por lo que es —miró a Alba—, pero es un buen chico. Mentiría si dijera lo contrario. Estoy seguro de que las personas con las que se enfrentaron David y Joana no pertenecen al hotel.

—Pues con todas las cartas encima de la mesa, tracemos un nuevo plan. —Lara siempre dirigiendo el cotarro—. Es obvio que necesitamos el colgante para leer el mapa, que está oculto en una de las cartas que Françoise le escribió a Alejandra. Y tú —señaló a Saúl— eres el único que puede conseguirlo.

—Pero ¿Cómo voy a robarle a mi madre? —El muchacho se sintió tan culpable.

—¿Robarle? —Jose puso cara de sorpresa—. ¿Quién ha hablado de robarle?

—Saúl —continuó David—, solo tienes que cogerlo y traerlo aquí, leemos el mapa y se lo devuelves.

—Ah, si es eso solo, no hay problema —respiró tranquilo—. Ahora ella está en la recepción, si la entretenéis puedo ir a buscarlo sin problema, lo tiene en la caja fuerte de su dormitorio y yo sé la combinación.

—¡Perfecto! Bajemos pues. —Lara estaba emocionada, cada vez estaban más cerca.

Bajaron al piso de abajo. Como no, Paloma estaba detrás de su mostrador antiguo con una revista en las manos. Vio bajar a los chicos por las escaleras, mirándola sonrientes. Cerró la revista cuando comprendió que querían a hablar con ella. No sabían bien de qué podían conversar con ella, así que simplemente dejaron que ella comenzara.

—Hola chicos. Alba, cariño ¿Cómo te encuentras?

—Mejor, gracias.

—¿Eso quiere decir que vais a ir a la bajada de la Virgen?

Alba se sintió fatal por Carlos, no sabrían cuánto tiempo los llevaría descifrar el mapa, pero estaba segura de que no sería una tarea fácil, así que no creía que les diera tiempo de ir a ver la actuación del gaditano. Por otro lado, estaba feliz de que Saúl les hubiera explicado la conversación telefónica de la noche anterior y sobre todo de que él no tuviera nada que ver con las personas que parecían estar tras sus pasos.

Después de una media hora, disfrutando de la compañía de Paloma, en la que varias veces intentó sacarles información, sobre el misterio que tenían entre manos, vieron aparecer a Saúl por la puerta de la entrada, con cara de haber conseguido su objetivo.

Disimuladamente, se despidieron de Paloma y subieron al piso de arriba.

Como siempre, se reunieron en la habitación de Alba. Los chicos abrieron el compartimento secreto del armario, para sacar el diario y la caja con las cartas de Françoise y el joven no dejaba de alucinar con todo aquello.

Lara sacó las cartas de la caja y cogió la última.

—Saúl —estiró la mano hacia él— lo has traído ¿no?

—Sí, claro. —El chico se sintió estúpido. Estaba tan ensimismado con todo lo que le estaban revelando sus nuevos amigos que no se había acordado de sacar el colgante. Lo traía dentro de un saquito de terciopelo azul marino y con mucho cuidado lo abrió y se lo alcanzó a Lara. Esta lo cogió con el mismo cuidado con el que se lo había dado Saúl y lo observó detenidamente.

Alba tenía la mirada clavada en el corazón de oro y rubí. Estaba totalmente entusiasmada por tenerlo tan cerca. Sentía que en cualquier momento aparecería el pirata, como en su sueño y se lo colocaría alrededor del cuello. Se lo fueron pasando y cuando le tocó el turno a ella, su sonrisa se ensanchó. Jugueteó con el colgante entre los dedos observándolo milímetro a milímetro. Era exactamente igual que en su sueño.

—¿Quién va a hacer los honores? —preguntó Joana con la última carta del pirata en la mano.

—Creo que debería ser Alba. —Lara le sonrió a su amiga, pues sabía que ella era la peor que lo había pasado y la que más vinculada estaba con aquella historia.

—¿Yo? —preguntó sorprendida.

Los cinco restantes asintieron sonriendo. Alba les devolvió la sonrisa y cogió aire. Colocó la hoja de papel lo más estirada que esta le permitió, en el suelo y se acercó el colgante a la cara. Miró por el agujerito que tenía la chapa de oro, para ver a través del rojo rubí y así descubrir lo que el pirata había ocultado en aquella carta.

Todos estaban emocionados, no podían creerse que por fin fuesen a averiguar el paradero del tesoro de Françoise Leclerk.

Alba bajó el colgante y se quedó mirando el papel con un rostro totalmente inexpresivo. Sus amigos lo escudriñaron, pero no averiguaron qué pensaba la chica.

—No se ve nada —dijo totalmente decepcionada.

—¡¿Qué?! —exclamaron al unísono.

Se le encendió la bombillita y le dio la vuelta a la hoja, pensando que a los mejor estaba por el otro lado y volvió a mirar.

—En serio, no veo nada.

—Déjame ver —Lara cogió la carta y el colgante y repitió la acción que había hecho Alba anteriormente y comprobó que lo que decía su amiga era totalmente cierto. Nada.

—Pero no puede ser, es el colgante de mi sueño y el diario de Alejandra dice que, con la última carta de Françoise, Carmina le trajo un mensaje que decía "mira con el corazón". A lo mejor lo estamos haciendo mal.

Los chicos dejaron de hablar y volvieron a pasarse el colgante unos a otros buscando la solución al enigma.

Jose se levantó de repente y se dirigió a la cómoda donde anteriormente descansaba el espejo de Alejandra y cogió una de las linternas que habían utilizado la noche anterior. Volvió con el grupo y les sonrió nervioso, no sabía si lo que haría a continuación era una genialidad y todos quedarían fascinados o una estupidez de la cual se reirían, pero había que intentarlo.

Colocó la carta en el suelo delante suyo, como lo había hecho Alba. Luego elevó un poco el colgante y con la linterna alumbró desde atrás, para que la luz entrara por el agujero de la chapa de oro y atravesara la piedra roja, hacia el papel.

Todos quedaron boquiabiertos ante la genialidad del muchacho, ya que, al instante, como si de un proyector se tratase, apareció lo que estaban buscando.

Habían imaginado que, en el papel se dibujaría el mapa de un tesoro, como los de las películas de piratas, pero lo que apareció los dejó perplejos.

La carta entera estaba escrita, desde la punta de arriba, hasta la de abajo. Era un relato, pero un relato que nada tenía que ver, ni con la historia de los dos enamorados, ni con el paradero de tesoro. No sabían qué pensar, simplemente, aquello era algo inesperado. Leyeron una y otra vez el relato, para ver si se les estaba escapando algo. Cuanto más lo leían, menos relación le encontraban, con todo lo que estaba ocurriendo. Pero sabían que no podía acabar así, se negaban a aceptarlo.

—Puede que no lo estemos entendiendo. —Lara no iba a darse por vencida a aquellas alturas.

—Yo creo —opinó Saúl por primera vez—, que a lo mejor es un mensaje en clave.

Todos abrieron los ojos y lo miraron con mucho interés, para siguiera hablando.

—Quizá en medio de todas esas palabras que no tienen ninguna relación con lo que estamos buscando, esté la respuesta.

—¿Cómo una sopa de letras o algo así? —preguntó Joana.

—Yo no estaba pensando exactamente en eso, pero si, por qué no —asintió el chico.

—¿Un mensaje cifrado, tal vez? —Alba aportó su granito de arena.

—¡Sí! Eso tiene mucho sentido. —Saúl comenzaba a emocionarse.

—Los mensajes cifrados se han usado siempre. Ya en la antigüedad se usaban formas de comunicarse de manera secreta, mediante enigmas, claves, secuencias, etc. —Ya estaba la enciclopedia andante del pelo rojo, con su información extra.

—Pues señores. —Lara se puso en pie y sacudió las piernas, seguramente se le habrían quedado dormidas del tiempo que llevaban sentados en el suelo —. Hay que ponerse las pilas. Tenemos que averiguar cómo descifrar este texto.

Todos asintieron y se pusieron manos a la obra. David fue el primero que tuvo la idea de buscar en sus smartphones, maneras de encriptación, que se usaran en la antigüedad. A Alba no le hizo falta, pues era un tema que le apasionaba.

Tenía muchos libros, sobre encriptación y se los había leído todos. Así que ella cogió papel y boli y fue recordando y anotando.

Durante largo rato fueron probando las diferentes formas de encriptado que iban encontrando o recordando, pero aquello seguía sin cobrar ningún sentido.

David se percató de que, tras casi todas las palabras había una coma y en algunas ocasiones un punto, así que asumieron que era otra pista para desentramar aquel misterio.

Siguieron probando y probando hasta hartarse y cuando por fin iban a tirar la toalla Alba hizo un comentario muy afortunado.

—Tal vez, los puntos delimiten palabras o letras. Quizá sea una separación. —Miraba muy atenta el texto que se proyectaba en el papel al darle la luz de la linterna, al atravesar el rojo rubí, que ahora sujetaba Joana, para que Jose descansara de aquella postura tan incómoda.

—¡Claro! —exclamó Lara—. Qué tonta he sido. Le quitó a Alba la hoja que tenía en las manos y le dio la vuelta, ya que por el otro lado todavía no lo había usado—. Buscad en internet un alfabeto del siglo XVI. —Mientras ella iba anotando diferentes cifras de números en la hoja, separándolas con puntos y guiones.

—¿Un abecedario del siglo XVI? —preguntó David.

—El abecedario actual no es el mismo que en aquella época, hay letras que ya no pertenecen al alfabeto —especificó Alba.

—Exacto —dijo Lara mientras seguía con su tarea—. Si no me equivoco, hay que contar el número de letras que tiene cada palabra y cada coma es la separación entre las cifras y luego comprobar en el alfabeto, qué letra le corresponde a dicha cifra. Los puntos seguramente son la separación de las palabras. Por ejemplo, esta frase del texto —eligió una al azar desde un punto a otro—: Una, de esas, tardes, en barco y.

183

Los números correspondientes serían: 3, 24, 6, 25,1 que, al cotejarlos con el alfabeto, nos darían las siguientes letras: "CUEVA". —Miró a sus compañeros y sonrió satisfecha.

—Eso tiene mucho sentido —dijo Jose.

—Los chicos se pusieron manos a la obra y ayudaron a Lara a descifrar el texto. Cuando hubieron acabado, lo que quedó fue lo siguiente.

"Atravesando un espeso y verde mar, en el epicentro de lo que en su día fue un conjunto de ardientes llamas, debéis cruzar el manto cristalino y llegaréis a la cueva del tesoro, donde tendréis que adentraros en sus profundidades".

Los seis se miraron perplejos ¿qué querría decir el pirata con todo aquello? Coincidieron en que, desde luego, Lara había encontrado la pauta para descifrar el texto, pues lo que había quedado de él tenía mucho sentido, pero seguían sin saber el paradero exacto del tesoro.

Se estrujaron los sesos durante largo rato, pero ya estaban agotados. Necesitaban urgentemente un descanso. Jose le dijo a Saúl, que volviera a colocar el colgante en su sitio, que ya el objeto había cumplido su función y que lo mejor era no tener las piezas del rompecabezas, juntas. El chico asintió y volvió a meter el corazón en la bolsita de terciopelo azul marino y con gran emoción por todo lo que estaba sucediendo, regresó al dormitorio de su madre a devolver la joya a su sitio.

Alba miró la hora en su móvil y les propuso a sus compañeros acudir a su cita. Aunque estaba realmente a gusto con Saúl en el grupo, no quería dejar plantado a Carlos. Sus amigos creyeron que sería una buena idea. Era el tipo de distracción que necesitaban sus cabezas pensantes.

Cuando le comunicaron la noticia a Saúl, su rostro mostró su decepción. Pero entendió que los chicos quisieran acudir a aquella fiesta que era digna de ver. Decidió acompañarlos, pero llevaría su coche, para poder volver antes de que empezara el concierto.

Se dieron prisa en arreglarse, para que les diese tiempo de ver lo más posible. Alba se subió en el coche de Saúl, para que este no fuese solo. Iban conversando y riendo y el trayecto se les hizo realmente corto.

DUDAS Y MÁS DUDAS

XVI

Les costó muchísimo encontrar aparcamiento, sobre todo a Jose, por las dimensiones de su vehículo. Caminaron un rato siguiendo a Saúl, hasta que llegaron a una concentración de gente. Había música y la muchedumbre cantaba y bailaba. Era un verdadero espectáculo. Aquello estaba abarrotado de personas diferentes y todos parecían pasárselo bien, unos con otros sin ni siquiera conocerse. En el centro de aquella aglomeración pasaban bonitas carrozas y bandas de música. El trono con la virgen era espectacular. Lo llevaban dentro de una urna de cristal. En uno de los kioscos ambulantes compraron cosas típicas de las fiestas para probarlas. Saúl les aconsejó los almendrados y la rapaúra.

Los chicos enseguida se contagiaron del buen rollo que allí había y comenzaron a animarse. Se integraron en seguida y empezaron a pasarlo de maravilla. Media hora más tarde, llegaron a un recinto rectangular, al aire libre, rodeado por chiringuitos con diferentes tipos de música. Al fondo divisaron un gran escenario y supusieron que sería en el que cantaría Carlos, así que, aunque a Saúl le cambió la cara, al recordar que sus nuevos amigos venían a ver cantar al joven gaditano y a su grupo, los siguió.

Al llegar, Alba divisó al apuesto jardinero al fondo del escenario. El chico la vio y dejó lo que estaba haciendo para acudir a su encuentro con una enorme sonrisa. Al ver a Saúl detrás de Alba la cara le cambió, pero, aun así, bajó a toda prisa y volvió a dedicarle una deslumbrante sonrisa. Estaba más guapo de nunca. Le sentaba bien hacer lo que le gustaba.

Carlos se acercó a Alba y le dio un gran abrazo.

—Gracias por venir —le susurró en el oído.

—No podía perdérmelo. —Se sintió algo incómoda por la situación, así que le correspondió, pero no como lo hubiese hecho si Saúl no hubiese estado presente.

—Hola chicos —saludó a los demás—. Ahora mismo empezamos, espero que lo paséis bien—. Le cogió la mano a Alba, la miró a los ojos con sus dos brillantes zafiros y se la besó. Ella sonrió y él se marchó.

La muchacha desvió su mirada hacia Saúl. Su rostro mostraba la decepción que sentía, así que simplemente miró hacia otro lado como si no hubiera visto nada, aunque no podía disimularlo.

Ella se colocó a su lado, pero el chico seguía muy serio y con la vista perdida hacia el infinito, ignorándola. La joven lo entendió, ella hubiese hecho lo mismo, o no, porque ella no hubiese tenido tanta paciencia.

El concierto estaba a punto de comenzar.

—Bueno chicos es hora de irme —se dirigió a sus nuevos amigos.

—¿Ya te vas? —preguntó David.

—Sí, es tarde y hay cosas que hacer en el hotel. —El grupo de sobra sabía que todo aquello era una excusa para marcharse, pero como entendían por qué lo hacía, solamente asintieron.

—Intenta pensar, a ver si averiguas algo. Si alguien conoce la isla y puede dar con el sitio que describe el pirata, eres tú. —Lara le sonrió.

—Sí, haré lo que pueda. —No parecía haberse animado con el cumplido de Lara—. Alba —miró a la chica por primera vez desde que Carlos había entrado en escena— ¿me acompañas a la entrada?

La chica miró para su amiga "la sargento" y esta le sonrió dándole permiso. Ya consideraban que Saúl era de fiar.

Cuando se marchaban, Saúl miró hacia el escenario en busca de Carlos y sus miradas se cruzaron. El chico no quería que el músico se perdiera como Alba se iba con él. No le podía haber salido mejor la jugada, ya que, Carlos no les quitó ojo, hasta que los perdió entre la muchedumbre. Se le quedó la misma expresión en la cara, que, a Saúl cuando él abrazó a la chica del pelo rojo. La pareja llegó a la entrada del recinto y él la miró fijamente.

—Necesito que te decidas —le dijo muy dolido.

—¿Cómo? —puso cara de sorpresa.

—Si —agachó la cabeza—. Yo no puedo más con todo esto. Me gustas. Me gustas mucho. No entiendo por qué me haces sentir de este modo que nadie antes me había hecho sentir. Cuando estoy contigo, me olvido del resto del mundo y solo pienso en que no acabe este momento. —El chico sonreía con un brillo especial en sus ojos verdes—. Luego aparece Carlos o algo que me lo recuerda —su cara se tornó seria y el brillo de sus ojos desapareció— y siento que esto puede terminar. Que si lo eliges...

—Un momento, ¿si lo elijo? Que sois ¿cachorros en una tienda de animales? —se enfadó.

—No, no. Pero los dos estamos tontos contigo y sé que estoy en desventaja...

—¿Desventaja? Pero ¿te estás oyendo? —apretó la mandíbula con fuerza—. Esto no es una competición.

—Lo sé, pero déjame que te lo explique.

La chica cruzó los brazos esperando la explicación del muchacho—. Yo sé que él es más alto, más guapo, más fuerte —iba poniendo los ojos en blanco cada vez que resaltaba una cualidad de su contrincante—, es músico...

—Bueno, basta, se acabó —lo interrumpió por tercera vez—. Mira no te voy a negar que tengo la cabeza hecha un lio desde que os conocí, pero no es culpa ni mía, ni vuestra. Ya de por sí, los dos sois fantásticos. Sois guapos, simpáticos, buenos chicos y me hacéis sentir muy bien cuando estoy con vosotros, pero no podéis agobiarme. No tengo nada con ninguno y yo no veo esto como un concurso en el que tenga que eliminar a nadie. Simplemente estoy conociendo a dos chicos maravillosos durante mis vacaciones.

—Pero, el otro día, si no llega a ser por mi madre, ¡nos hubiésemos besado! —dijo alterado.

—Vale, lo sé. Pero es que, desde que soñé con Alejandra la primera vez, mis sentimientos, como que se han intensificado y no puedo evitar ciertas cosas que, en mi vida normal, no haría —intentó disculpar su comportamiento.

—Entones quieres decir, que si no estuvieras conectada a Alejandra todo lo que hemos hecho juntos ¿no hubiese pasado? —El chico no sabía si estaba sorprendido, enfadado o decepcionado.

—¡No! Bueno, no sé. Mira, yo solo sé que todo lo que me está pasando es muy raro y necesito que me entiendas —hizo una pausa buscando las palabras adecuadas—. Saúl, me gustas, pero también lo paso muy bien con Carlos y estoy confundida. No sé qué hacer o cómo comportarme cuando estáis los dos. Es realmente incómodo. Imagino que, para vosotros, lo es más ya que sois amigos. —La chica se quedó callada y frunció el ceño—. Sois amigos —dijo como dándose cuanta de algo, de lo que no se había percatado—. Dios, pero ¿qué estoy haciendo? Sabes, creo que lo mejor será que lo deje. No quiero que dos amigos se peleen por mi culpa.

—No, no. Por favor. Yo hablaré con él y decidas lo que decidas nosotros mantendremos nuestra amistad como antes. —El joven la cogió de las manos.

—¿Me lo prometes? —levantó una ceja, desconfiada.

—Sí, pero antes de irme... —La cogió de repente por la cintura y la besó.

A la chica no le dio tiempo de adivinar las intenciones de Saúl, hasta que sus labios se posaron en los de ella. Todo había sucedido muy deprisa. Intentó apartarse y quitar las manos del joven de su cintura, pero no pudo conseguir, ni lo uno, ni lo otro, así que simplemente cerró los ojos y le correspondió.

Después de aquello, él se dio media vuelta y se marchó y Alba se quedó allí pasmada, mirando como se alejaba Saúl mientras el viento arremolinaba su cabello castaño.

Volvió con sus amigos.

Por un lado, se sentía fenomenal por lo que acaba de hacer uno de sus pretendientes y por otro se sentía fatal. Cada vez estaba más confundida. Pensaba en Saúl y en Carlos ¿qué hacer? Todo era tan complicado. Y, por si fuera poco, estar bajo el influjo de Alejandra, compartiendo sus sentimientos. Unos sentimientos tan fuertes como ella, nunca había sentido.

En medio de todo este mar de emociones diversas, llegó hasta el escenario y se reunió con el grupo. Las dos parejas estaban hablando con Carlos y aunque parecía que Jose y David, por fin comenzaban a tragar al jardinero, no soltaban a sus respectivas novias. La chica sonrió y recordó a los perros marcando territorio.

El rostro de Carlos se iluminó al verla aparecer entre el gentío y eso hizo que ella se sintiera bien y mal al mismo tiempo. Era tan bueno, tan simpático, tan guapo, pero sin embargo, el joven del cabello enmarañado, de humor inteligente y en ocasiones mal carácter, tenía algo que la hacía enfadarse y estar encantada al mismo tiempo.

Qué impotencia, no saber ni lo que uno quiere.

—Hola guapa —se acercó Carlos con una sonrisa—. Has tardado. Te he echado de menos.

—Sí. Hay mucha gente y es difícil pasar —mintió.

—Vamos a empezar ya, has llegado justo a tiempo —le dio un beso en la mejilla y se marchó corriendo al escenario.

Ese gesto del chico la hizo sentir aún más culpable.

Comenzó el concierto y poco a poco sus amigos hicieron que se animara y se olvidara de su particular cacao mental.

La música que tocaba el grupo de Carlos era pop rock español del estilo del canto del loco o pignoise, aunque también tenían baladas del estilo de Alejandro Sanz, pero todo con acento andaluz.

La primera balada romanticona que cantaron, Carlos se la dedicó a Alba y especificó de forma, que todos los que estaban alrededor de la chica, supieran de quién estaba hablando. Por un lado, fue muy romántico, pero por otro, bastante incómodo, ya que todas las jóvenes que habían venido a ver al chico cantar la fulminaron con la mirada. Y para todos los solteros un nuevo objetivo.

Cuando hubo el primer descanso, bajó del escenario a reunirse con el grupo y le agradó que Jose y David lo felicitaran. Se sentía cómodo hablando con ellos y estaba realmente emocionado de que se hubiesen soltado con él.

El chico se colocó detrás de Alba y la agarró con ambas manos de la cintura. Ella, como siempre, por un lado, se sintió muy bien, pero por otro, recordó el beso que le había dado Saúl antes de irse y las sensaciones que experimentó durante el beso.

Sus amigas escudriñaron su rostro y se percataron de que algo le ocurría, así que pusieron la excusa de que querían ir a comprar algo y la cogieron de la mano y se la llevaron de allí para interrogarla.

—Bien ¿Qué te pasa? —le preguntó Lara con las manos en la cintura.

—¿Eh? Nada —intentó disimular lo evidente.

—Venga Alba —siguió Joana—. Estás totalmente ausente desde que llegaste de acompañar a Saúl y no dejas de poner caras raras. Te ríes, te pones seria, pones cara de preocupación.

—Bueno, es que —se quedó callada, sin saber cómo continuar la frase.

—Es que ¿qué? —Lara comenzaba a perder la paciencia. La curiosidad la estaba matando.

191

—Estoy muy confundida, no sé qué hacer —bajó la mirada
—. Me siento fatal, como si estuviese jugando con los
sentimientos de Saúl y de Carlos.

—Te entiendo —Joana le puso el brazo por encima—. Son
buenos chicos, pero lo importante es qué sientes tú por cada
uno de ellos.

—Sí Alba, eso tienes que decidirlo tú —Lara le puso una
mano en el hombro—. Y sobre todo tienes que analizar, si
todo esto que estás sintiendo es real o es un reflejo de los
sentimientos de Alejandra por Françoise.

—Sí, esa es una de las cosas que me hacen dudar, porque
cuando conocí a Saúl en el barco, me pareció monísimo,
pero no sentí lo que siento ahora cada vez que lo veo. Y a
Carlos lo conocí cuando había soñado ya con Alejandra.

—Bueno —Joana sonrió de forma picarona a Lara—. Creo
que tus sentimientos hacia Carlos pueden haberse
intensificado por el influjo de Alejandra, pero ¿lo has visto?
Es imposible que no te guste.

—Sí —Lara se rio—. Además ¿has visto cómo te mira? Está
loquito contigo. Pero por otro lado creo que Saúl, aparte de
que te ha aguantado muchas impertinencias, sus ojos brillan
de un modo que no sé explicar, cuando te ve.

Se hizo el silencio, durante unos segundos.

—Me ha besado —miró a sus amigas de reojo.

—¿Quién? —preguntaron al unísono.

—Saúl.

—¿Cuándo? —quisieron saber.

—Antes, cuando lo acompañé.

—Y ¿Qué sentiste? —Lara estaba emocionada.

—No puedo ni explicarlo. Nunca me había sentido así,
venía como en una nube. Pero en cuanto vi a Carlos me
sentí fatal.

—Pues eso tiene que significar algo. —Joana entendía el
dilema de su amiga.

—Pues yo solo veo una solución. —Lara la miró a los ojos muy seria—. Tienes que besar a Carlos también.

—¿Qué? Te puedo asegurar que eso no va a hacerme sentir mejor. —Alba no creía que la idea de su amiga Lara fuese muy acertada.

—No —Joana sonrió—, pero depende de lo que sientas al besarlo a él, a lo mejor te es más fácil decidirte.

—Eso tiene más sentido, pero ¿Cómo lo hago? Yo no sirvo para dar el primer paso.

—Pues no lo des —Lara puso cara de pícara—. Solo dile que Saúl te besó, te puedo asegurar que eso le hará dar el paso.

Después de la conversación con sus amigas Alba se sentía peor. Sabía que tenían razón, que era una buena idea. Ya sabía cómo se había sentido cuando el chico de los ojos verdes la besó, y a lo mejor saber qué afloraba en ella al besarla el jardinero, la sacaría de dudas.

Regresaron con los chicos, que ya hablaban con Carlos como si nada, aunque también ayudaba que sus respectivas parejas no estuvieran presentes.

Carlos tuvo que volver al escenario y los dos muchachos se disculparon con Alba admitiendo que se habían equivocado. Durante el poco tiempo que hablaron con él, se dieron cuenta de que se habían creado una imagen del joven, que nada tenía que ver con la realidad.

Cuando el concierto hubo acabado Carlos se reunió con los chicos y les propuso ir a tomar algo, pero no se podían quitar la frase que habían descifrado en el mapa del pirata, así que no aceptaron.

—Alba —soltó Lara de repente mientras el chico los acompañaba al coche—. Tú puedes quedarte si quieres— y le guiñó un ojo para recordarle lo que habían hablado.

Saúl les había asegurado que las personas que estaban tras sus pasos, no era ninguna de las del hotel.

—¡Oh! —ella se dio cuenta—. Me encantaría —miró a Carlos y sonrió—, pero no he traído ni la moto, ni el casco para poder marcharme contigo.

—No hay problema —se apresuró en decir el jardinero—. No he venido en moto. Vine con uno de los chicos del grupo y él va a llevarme a casa, donde tengo la moto y dos cascos.

—Perfecto —Joana cogió a David de la mano, para apresurarse en irse, por si metía la pata.

—Adiós, pasadlo bien. —Lara imitó a su amiga.

Y como una exhalación las dos parejas desaparecieron.

—Es cosa mía —dijo Carlos—, o eso ha sido muy raro.

—Por qué lo dices —Alba le dedicó una sonrisa totalmente fingida.

—Hace apenas dos días nos perseguían y espiaban y ahora prácticamente te obligan a quedarte a solas conmigo — arqueó una ceja de forma cómica.

—Sí. Es que tenían una idea errónea sobre ti, pero después de haberles explicado como eres, lo han entendido.

—Ah ¿sí? —la cogió por la cintura y ella se puso nerviosa— ¿y como soy?

—Pues, simpático, atento. —Él se acercaba y ella comenzaba a ponerse nerviosa. Sabía que tenía que hacerle caso a su amiga, pero no se sentía cómoda delante tanta gente—. Y muy mal conductor —sonrió.

El chico se detuvo en seco y la miró muy serio.

—Mensaje captado. —Alejó de nuevo su cara de la chica y volvió a sonreír.

El compañero de Carlos llevó a la pareja hasta la casa del chico y él subió un momento a su apartamento, a coger las llaves de la moto y los dos cascos. Estaba que no cabía en sí mismo de la alegría. No solo, Alba había acudido al concierto para verlo actuar, sino que por fin sus amigos parecían comenzar a aceptarlo y para terminar de ser perfecto, se había quedado a solas con ella.

Le dio un casco y se subieron a la moto, ninguno de los dos podía dejar de sonreír. Carlos la llevó a un bonito parque que había en el pueblo, al que pertenecía el hotel.

Los chicos llegaron a La Mansión y se encontraron con Saúl en la recepción. El chico estaba eufórico, pero al ver que no venía Alba con el grupo, le cambió la cara. Aun así, les hizo señas para indicarles que había averiguado algo. Las dos parejas se dirigieron a la habitación de Lara y Jose y el muchacho los siguió.

—¿Has descubierto algo? —preguntó Lara nada más entrar.

—Sí, pero ¿Dónde está Alba? —quiso saber el joven del cabello alborotado.

Los cuatro chicos se miraron.

—Se ha quedado con Carlos —le respondió Joana.

—Ah, bueno, pues entonces os lo cuento cuanto a vosotros y se lo explicamos a ella cuando llegue.

Les extrañó que Saúl hubiese reaccionado tan bien a la noticia. Pero se lo había prometido.

—¿Qué has averiguado? —Jose estaba deseoso de saber las novedades.

—Ya se dónde está el tesoro —dijo orgulloso de sí mismo.

—¿En serio? —preguntaron al unísono totalmente exaltados. No se esperaban tan buenas noticias.

—Sí —hizo una pausa y sacó un papel en el que había escrito el fragmento que habían descifrado del texto del mapa del tesoro— Mirad, "*Atravesando un espeso y verde mar...*", creo que es una metáfora y que se refiere a un pinar, "*...en el epicentro de lo que en su día fue un conjunto de ardientes llamas...*", he deducido que se trataba de la caldera de Taburiente, "*...debéis cruzar el manto cristalino...*", en la caldera hay una famosa cascada, La cascada de colores, y "*...llegaréis a la cueva del tesoro, donde tendréis que adentraros en sus profundidades...*", he oído alguna vez a los guías, cuando hacía senderismo, que por allí entre las rocas hay cuevas, así que imagino que el tesoro está en una de ellas.

—¡Saúl! —exclamó Lara— eres un genio.

—Gracias —el chico no cabía en sí mismo de alegría, lo único que le faltaba era que la chica del pelo rojo estuviera allí.

—Y bien ¿Cuándo salimos de excursión? —Jose estaba super animado.

Alba y Carlos se sentaron en un acogedor banco de piedra. La noche era bastante calurosa y el cielo estaba totalmente despejado. Las estrellas brillaban intensamente sobre sus cabezas.

Todo era perfecto.

Alba se sentía muy cómoda en compañía del gaditano y el que no la atosigase, la hacía sentir aún mejor. La muchacha sabía lo que debía hacer, seguir el consejo de su amiga Lara, pero si le contaba en aquel mágico momento que Saúl la había besado, rompería la magia y era algo que no le apetecía nada. Con un poco de suerte no haría falta decirle nada, al fin y al cabo, no sería la primera que Carlos intentaba besarla.

El chico se arrimó a ella y le pasó el brazo por encima y la joven no puso impedimento, sino todo lo contrario, apoyo la cabeza en su hombro. Comenzaron a hablar del concierto y Alba le estaba diciendo lo mucho que le habían gustado las canciones.

—No entiendo como no habéis intentado daros a conocer un poco más —a la chica realmente le había encantado el grupo.

—No es tan fácil, aquí en la isla nos contratan para las fiestas y hemos ido alguna que otra vez a Las Palmas y a Tenerife, pero con lo que nos pagan, no es fácil hacerse publicidad —se lamentó el chico.

—Quizá yo pueda ayudarte en eso —sonrió.

—¿Sí? —arqueó una ceja— ¿cómo?
—Bueno, ¿habéis grabado alguna maqueta con canciones propias?
—Sí, tenemos una, pero no es muy buena. La calidad del sonido es bastante mala, pero no podíamos permitirnos más. ¿Por qué te crees que trabajo en el hotel? Necesito sacar dinero para vivir —se rio.
—¿Os gustaría grabar un disco? —preguntó muy seria.
—Ese es nuestro sueño, pero es complicado, para eso sí que vamos a necesitar reunir mucho o que le gustemos a algún cazatalentos con dinero — hizo un mohín.
—Y que me dirías —giró el cuerpo hacia él—, si yo me ofrezco a producir vuestro primer disco.
—Estás —el chico la miró muy serio—, tomándome el pelo ¿verdad?
—No, para nada. Me habéis gustado mucho. Pienso que sois buenos músicos, tenéis buenas canciones, buenas voces, un estilo bastante comercial y, aunque esté mal decirlo un buen físico, sois todos bastante monos. —La muchacha se había puesto muy seria —. Además, teniéndote a ti de vocalista es muy fácil venderos, las niñas se vuelven locas por un chico como tú —le dedicó una preciosa sonrisa.
—No sé si te estás quedando conmigo o ...
—Que no, te lo estoy diciendo totalmente en serio —hizo una pausa—. Hagamos una cosa. Cuando terminen mis vacaciones y vuelva a casa, os venís un par de días para allá, buscamos un buen estudio de grabación y grabamos el cd. Yo os ayudo a promocionarlo todo lo que pueda y cuando triunféis, recuperaré con creces lo invertido —estaba ilusionadísima con el proyecto.
—¿De verdad piensas que tenemos posibilidades? —el chico no se podía creer lo que le acababan de proponer.
—No tengo la menor duda.
—Pues, bien —le tendió la mano— acepto tu oferta.
La chica estrechó su mano cerrando el trato.

Después del acuerdo comercial, comenzaron a hablar de otras cosas, hobbies, inquietudes, familia, etc. Lo pasaron realmente bien y con el gaditano todo era divertido, para todo tenía un chiste.

Se hizo bastante tarde y el chico dijo que era hora de llevarla al hotel, no quería estropearlo ahora que comenzaba a llevarse bien con sus amigos. Se encaminaron hacia la moto y ella iba pensado que seguramente Carlos iba a intentar despedirse de ella con un beso, como la última vez que salieron, pero no quería hacerlo en el hotel, ya que la podía ver Saúl y aunque el chico le había prometido no atosigarla más y aceptar que saliera también con el jardinero, no era plan de hacerlo allí delante de sus narices. No quería marcharse sin comprobar qué sentía al besar al guapo gaditano.

—Saúl me besó —soltó antes de que el chico se subiera a la moto.

El joven se quedó de piedra mirándola con una expresión muy seria. Según Lara, lo que debía haber pasado a continuación era, que él la estrechara entre sus brazos y la besara, pero no ocurrió exactamente así. El jardinero clavó sus ojos en ella y la chica sintió su decepción. Sin decir nada se dio la vuelta, se puso la chaqueta, le acercó el casco a ella y se subió a la moto con el suyo en la mano.

—No vas a decir nada —dijo ella.

—¿Qué quieres que te diga? —miraba al frente—. Cada vez que he intentado acercarme a ti, me apartas o me pones alguna excusa estúpida para que me aleje y encima me cuentas que... —cerró los ojos y apretó la mandíbula endureciendo su expresión—. Déjalo, no pasa nada, lo que no entiendo es por qué has tenido que decírmelo.

—Lo siento, no tenía que suceder así —miró hacia el suelo como si estuviera hablando sola.

—No tenía que suceder ¿Cómo? —la miró con curiosidad.

—Vale, voy a serte sincera, porque esto no se me da nada bien —se puso las manos en la cintura y agachó la cabeza, por la vergüenza que iba a sentir al contarle el patético plan de Lara.

—Bien. —El joven cruzó los brazos, esperando una explicación.

—Cuando acompañé a Saúl, antes de que comenzara el concierto, me exigió que eligiera a uno de los dos de una vez. Yo me enfadé porque estoy echa un lío y él me estaba presionando, así que se disculpó, me dijo que no me iba a atosigar más y que no iba a enfadarse cada vez que yo que quedara contigo.

La expresión del chico era de no estar entendiendo nada.

—Entonces yo le di las gracias y él me cogió desprevenida y me besó —puso las manos como si estuviera frenando algo, para que no la interrumpiera—. Déjame acabar por favor. No fui capaz de apartarlo y tengo que reconocer que me sentí bastante bien. Se lo conté a mis amigas y les dije que estaba muy confundida. Así que Lara me dijo que si quería salir de dudas debía dejar que tú también me besaras para ver qué sentía, pero yo le dije que no tenía ni idea de cómo hacer que tú te lanzaras. Luego —parecía una loca dando explicaciones como una niña chica, "yo le dije, ella me dijo" —tú te lanzaste, pero yo me sentí incómoda en medio de tanta gente y no pude. Y ella me dijo que, si quería que me besaras, solo tenía que decirte que Saúl lo había hecho...—lo miró con un gesto de disculpa.

—Espera, espera —se rio de frustración—. Me has dicho que Saúl te ha besado ¿para que yo lo hiciera? —frunció el ceño.

—Sí, lo siento mu...

El chico puso sus manos a ambos lados de la cara de la chica y por fin, la besó. Ella abrió los ojos exageradamente por la sorpresa, luego los cerró y le correspondió.

—¿Menos dudas? —le susurró mientras seguía sujetando su cara con ambas manos y mantenía su nariz pegada a la de ella.

—No.

El jardinero ya no estaba enfadado. En cierta forma entendía lo que la chica había querido hacer, aunque le hubiese salido mal. La llevó al hotel y la acompañó hasta la puerta. Como no, Saúl nada más escuchar la moto de Carlos se asomó a la ventana. Luego recordó lo que le había prometido a Alba y se volvió a meter en la cama.

Cuando llegaron al pie de la escalinata de piedra, el muchacho, que no quería agobiarla más de lo que ella sola había conseguido agobiarse ese día, le dio un beso en la mejilla y se despidió con una perfecta sonrisa y un cariñoso toque con el dedo en la nariz de la joven, que con la mirada le agradeció el gesto.

Subió hasta la entrada del hotel y Paloma todavía estaba en la recepción, a pesar de la hora. A la chica se le había olvidado que la mujer no dejaba su puesto, hasta que todos los huéspedes estuvieran en el hotel para poder cerrarlo y que nadie se quedara fuera.

Mientras subía la escalera al piso superior iba pensando que la noche había sido bastante completa y divertida. Se sentía algo mal por haber besado a los dos chicos en la misma noche y lo único que había sacado en claro era que ahora estaba más confundida que antes.

Fue a su habitación y agotada, física y mentalmente, decidió acostarse a dormir.

DIA DE CAMINATA

XVII

A la mañana siguiente, los cinco chicos quedaron después del desayuno en la habitación de Alba para contarle lo que Saúl había descubierto la noche anterior y decidieron que debían ir a comprobarlo ese mismo día. Después de la conversación se prepararon con ropa cómoda y zapatillas de deporte. Saúl les dijo todo lo que debían llevar en las mochilas para la caminata. Suerte que habían decidido hacer una acampada y casi todas las cosas que necesitaban las habían comprado.

A las nueve y media se encontraron todos en la recepción del hotel, preparados para un día de senderismo. Estaban muy ilusionados con encontrar el tesoro de Françoise. Esperaban tener suerte.

Por su puesto, el vehículo seleccionado fue la furgoneta de Jose. Cabían los seis y tenía un buen maletero para llevar todas las mochilas.

Por la experiencia de Saúl como senderista, ya que llevaba muchos años practicando aquel deporte, entre otros, decidió que la mejor entrada sería por Dos Aguas. Se podía llegar a la cascada por varios pueblos, pero para él, aquel era el camino más corto.

Cogieron por el barranco de la derecha y comenzaron a caminar detrás del chico, ya que parecía saber exactamente a donde iba. Siguieron caminando y caminando.

El sol era abrasador a aquella hora, estaba a punto de situarse en lo alto del cielo. A la que más le estaba costando era a Joana. Todos los demás eran deportistas, unos más, otros menos, pero todos practicaban algún deporte. Además, la chica no había querido decir nada, pero esa mañana le había bajado el periodo y el calor estaba haciendo estragos en ella. Iba agarrada a su novio y lo único que deseaba era no volver a desmayarse como en el observatorio. Por el camino Lara se acercó a su amiga, que bajo el sol parecía que tenía fuego en la cabeza. Su pelo rojo brillaba como nunca y sus ojos lucían un verde más claro que de costumbre. La agarró disimuladamente del brazo para apartarse un poco del grupo. Quería preguntarle qué tal le había ido la noche anterior con el gaditano y si ya había descubierto lo que sentía por cada uno. Le explicó lo que había sucedido la noche anterior y esta se rio a carcajadas.

—Entonces sigues como al principio ¿no?

—Pues no, ahora tengo más dudas. —Se lo tomó con humor y le sonrió a Lara.

Los demás iban contemplando el paisaje. No podían creer que un lugar como aquel estuviese en una de sus islas y ellos no lo supieran. Era un verdadero paraíso.

Después de mucho caminar y de hacer varios descansos para Joana se recuperase y se mojase asiduamente la nuca para evitar otro desafortunado incidente, llegaron a su destino.

Los chicos quedaron maravillados ante aquel paisaje divino. Ante ellos se elevaba una cascada de unos seis metros, que caía por unas rocas de colores. Era absolutamente espectacular.

Saúl les explicó que los diferentes colores de las rocas, que hacían que el agua pareciera adquirir diferentes y llamativas tonalidades, era debido, a que las aguas del barranco eran ferruginosas y teñían las piedras.

Los cinco jóvenes estuvieron de acuerdo en que aquello parecía un jardín mágico, sacado de alguna película. Después de admirar el paisaje y mojarse las cabezas con el agua que caía de la cascada, decidieron organizarse para ponerse a buscar la cueva del tesoro.

—Bien creo que deberíamos separarnos en tres grupos — comenzó a hablar Saúl, ya que era el que más experiencia tenía—. Nos separaremos por parejas. En el párrafo que tenemos dice que hay que atravesar el agua para encontrarla, pero seguramente es una pista para hacer alusión a la cascada, vamos a buscar por los alrededores. No os alejéis, tiene que ser por esta zona, cerca de la cascada.

Sin rechistar sus compañeros obedecieron órdenes y se separaron por parejas. David y Joana comenzaron a buscar algún indicio de alguna cueva, por extremo derecho de la cascada y Lara y Jose por el otro. Saúl y Alba serían los que buscarían por los alrededores. El joven no había soltado a Alba de la mano, más que cuando esta se separó del grupo para hablar con Lara.

Pasaron las horas y los chicos no encontraban nada. No querían desanimarse, así que cuando más decepcionados estaban, hicieron una pausa para comer y descansar un rato, a la sombra de los pinos. Alba había estado un poco distante con Saúl, ya que no quería que se repitiera el incidente de la noche anterior. Una cosa era quedar con los dos chicos para conocerlos y otro estar besuqueándose con uno y con otro, no le parecía correcto y desde luego no se sentiría bien consigo misma, si lo hacía.

Se volvieron a poner manos a la obra.

—¿Por qué estás tan distante conmigo? No voy a morderte—dijo Saúl con cara de pícaro.

—Si te soy sincera, es que no me gustaría que se repitiera lo de ayer —le confesó la chica.

—Pues no pareció molestarte.

—No es que me molestara, pero sí me siento incómoda conmigo misma y más confundida que antes.

—¿En serio? Pues si te soy sincero di ese paso, porque pensaba que te facilitaría las cosas. Pensé que o querrías quedarte conmigo o no querrías que volviéramos a quedar.

—No se esperaba lo que la chica le había dicho.

Siguieron toda la tarde buscando, pero a una hora prudencial, para evitar que los cogiera la noche por el camino, Saúl insistió en marcharse.

—Podemos volver mañana.

Llegaron al hotel totalmente agotados. En la recepción, por su puesto, estaba Paloma con su revista habitual.

—Hola chicos. —Cerró la revista y les sonrió. Era siempre muy amable—. ¿Qué tal esa caminata?

—Estupenda —contestó Jose—. No imaginábamos que hubiera unos paisajes tan espectaculares en la isla. Nos habían hablado de las maravillosas vistas, pero de verdad que ha superado todas nuestras expectativas.

—Me alegro mucho y ¿A dónde os ha llevado mi hijo?

—A la cascada de colores. —David estaba sin aliento, así que sacó una botella de agua de su mochila y bebió después de hablar. El agua estaba caliente y puso mala cara.

—¿A cuál? —preguntó la mujer.

Todos abrieron los ojos sorprendidos por la pregunta y miraron a Saúl, esperando una respuesta.

—¡Claro! La cascada artificial o la natural —se dio un golpe con la mano en la frente—. Hace tanto tiempo que no hacía senderismo por esa zona que ya no me acordaba de que a la que hemos ido era la artificial. Lo siento —miró a sus nuevos amigos.

—Bueno, no pasa nada —David le quitó importancia al asunto—. Podemos ir mañana.

—¿Mañana? —Joana no se lo podía creer.

—Sí —sonrió Lara—. Yo por lo menos me he quedado con curiosidad de ver la natural. La de hoy me ha parecido preciosa y nunca hubiese dicho que era artificial.

Los seis se dirigieron a la habitación de Alba para hablar de lo ocurrido.

—Lo siento mucho, de veras. No me acordaba de que había dos cascadas —se volvió a disculpar Saúl.

204

—No te preocupes, todos cometemos fallos. —Lara sabía que el chico no lo había hecho aposta.

—Solo quiero deciros que el camino de mañana será peor que el de hoy. —Se sentaron en el suelo formando un círculo, como hacían habitualmente—. Os explico. Tendremos que hacer exactamente el mismo recorrido que hemos hecho hoy. Luego tendremos que escalar por los laterales de la cascada... —Todos se quedaron alucinados, no se esperaban algo así—. Y seguir el barranco un kilómetro hacia arriba, más o menos.

—Pues yo lo siento mucho, pero no voy a poder ir—dijo Joana—. Hoy casi no he podido seguiros y si mañana va a ser peor, voy a ser más, una carga que una ayuda.

—No vamos a dejarte sola. —Lara recordó la noche de la persecución que vivió la pareja.

—Yo me quedare con ella. Ya has oído a Saúl, no es nadie del hotel y estaremos a plena luz del día. Intentaremos estar siempre con Paloma, Amparo o Nicolás y si no nos encerraremos en nuestra habitación. —Estaba claro que David no iba a dejar sola a su novia—. Estaremos bien, no te preocupes. Vosotros id y encontrad ese tesoro.

—Está bien —se resignó la chica.

—Creo, si no os importa —Saúl recuperó el hilo de la conversación—, que mañana deberíamos salir un poco antes. Ahora, cuando baje le pediré a Amparo si nos puede tener unos bocadillos preparados, para las ocho y media.

Quedaron más temprano para el día siguiente y se fue cada uno a su cama a dormir. Saúl intentó quedarse con Alba, pero esta le rogo que la dejara sola y el chico se resignó.

Al día siguiente, sobre las ocho y veinte ya estaban todos en la recepción. Joana y David se quedaban en el hotel, pero estaban igual de emocionados que sus amigos. Hablaban con Paloma de lo que harían durante el día, mientras esperaban por Amparo, que estaba en la cocina, preparando unos bocatas para los excursionistas.

Joana y David los acompañaron hasta la furgoneta y les desearon mucha suerte. La chica volvió a disculparse por no ir, pero de sobra sabía que no aguantaría una caminata como la del día anterior.

Por el camino las dos parejas iban en silencio, no dejaban de pensar, que podía acabar todo aquel mismo día. Y realmente lo que más les desesperaba era que se hubieran equivocado y estar buscando donde no era. Saúl había cogido a Alba de la mano y esta no se había dado ni cuenta. Para ella, todo aquello era diferente. Si descubrían el tesoro donde había deducido Saúl que se encontraba, no solo terminaría aquella aventura, sino que seguramente su conexión con Alejandra desaparecería y eso sí que la entristecía. Pero, por otro lado, el no estar conectada con la muchacha y dejar de sentir su intenso amor por el pirata, quizá la ayudaría a decidirse por uno de sus pretendientes.

Mientras Alba estaba totalmente perdida en aquella espiral de pensamientos diversos y totalmente contradictorios, llegaron a su destino.

Comenzaron la caminata y a empaparse del precioso paisaje del que habían disfrutado el día anterior. Al haber empezado la excursión más temprano, refrescaba un poco más y tenían previsto que cuando el sol desprendiera sus temperaturas máximas, ellos ya habrían llegado a su objetivo.

Iban, bastante bien de tiempo. Escucharon el sonido del agua de la cascada, poco antes de lo que ellos habían calculado y eso era una muy buena noticia. Una vez estuvieron allí, Saúl hizo memoria, recordando las veces que había hecho senderismo en aquella zona, para ver por donde era más fácil subir. Para trepar por la cascada no hacía falta un equipo de escalada, pues el acceso era relativamente fácil y se podía subir valiéndose de pies y manos, si se tenía un poco de habilidad y los cuatro chicos poseían de sobra.

Subieron unos seis metros de pared sujetándose a rocas húmedas y resbaladizas. Cuando estuvieron en lo alto, siguieron el curso del agua. Caminaban por en medio del barranco y fueron admirando el paisaje. Estaban cansados, pues habían sido dos días de largas caminatas, pero no habían decaído los ánimos.

Un poco más arriba a mano izquierda encontraron una meseta, a dos alturas, con unas edificaciones antiguas de piedra medio derruidas. Saúl les contó que se creía que esa había sido una zona de cultivo y de ganado. En la altura más baja había actualmente una pequeña estación meteorológica, alimentada con energía solar.

Siguieron el cauce del agua y el barrando se iba estrechando a medida que avanzaban. Tuvieron que superar algún salto de agua y evitar un pequeño desprendimiento, ya que por aquella zona las paredes eran algo inestables. Comenzaban a escuchar el suave sonido del agua cayendo y sonrieron mirándose los unos a los otros. Superaron un último salto de agua, donde había un gran tronco atravesado y ante sus ojos apareció la preciosa y esperada vista. Era aún más espectacular que la anterior. También tenía diferentes colores que hacían que mirarla fuera un asombroso espectáculo. El agua les salpicaba la cara y en aquella zona, no daba el sol de forma directa. Se sentían como en una de esas películas, en las que los protagonistas naufragaban y llegaban a una isla desierta y al adentrarse en ella, descubrían parajes indescriptibles.

Se sentaron en las rocas y contemplando el paisaje sacaron los bocatas que les había preparado Amparo. Habían desayunado poco y bastante temprano, así que decidieron llenar sus estómagos y reposar un poco la comida, antes de comenzar con su tarea.

Pasaron una hora, sentados y tumbados en medio de aquella maravilla de la naturaleza que no se cansaban de admirar. Charlaron durante el almuerzo y Saúl estuvo especialmente cariñoso. Se sentía muy a gusto, no solo en compañía de la chica del cabello rojo y seductores ojos verdes, sino de sus amigos. Les había cogido mucho cariño y si por fin Alba decidía quedarse con él, le encantaría volver a Las Palmas al nuevo curso, sabiendo que pasaría los días formando parte de aquel grupo.

GRANDES SORPRESAS

XVIII

Joana y David habían pasado el día en la habitación. Almorzaron con Paloma, Amparo, Nicolás y Carlos. Cuando terminaron, acompañaron a Paloma al salón para tomarse un café después de la comida. Los demás volvieron al trabajo. Luego, pareja decidió irse a descansar. Le dijeron a la mujer que estaban agotados por la caminata del día anterior y que se tumbarían un rato.

Llegaron a la habitación, se pusieron cómodos y en un momento se quedaron dormidos.

En el pasillo, delante de la puerta de los chicos estaban los dos individuos que los habían perseguido la noche del incidente en los jardines.

—Les he disuelto en la bebida una pastilla para que duerman profundamente. No te preocupes, nadie me ha visto —dijo el hombre.

La mujer se rio. Ella sacó del bolsillo una llave y la introdujo en la cerradura de la habitación de los chicos. Abrieron, entraron y se acercaron hasta la cama, donde la pareja dormía profundamente.

—No podemos llevárnoslos a los dos, tardaríamos mucho —susurró ella.

—Pues llevémonos a la chica, nos dará menos problemas.

Tuvieron cuidado de nadie los viera sacar a la chica de la habitación y dejaron encima de su almohada una nota.

La llevaron a una estancia llena de trastos, donde no había ventanas. La sentaron en una silla, la ataron y la amordazaron. Ella seguía profundamente dormida.

Decidieron ponerse manos a la obra.

Volvieron a separarse, como el día anterior, pero esta vez eran solo dos parejas. Comenzaron buscando por los laterales de la cascada, aunque era evidente que allí no había ninguna cueva. Se apreciaban las paredes perfectamente. Pensaron que lo mejor sería buscar por las inmediaciones, pero tampoco había mucho donde hacerlo, pues aquel paraje era más pequeño que el del día anterior.

Pasada una hora, ya no sabían dónde buscar, así que se reunieron desanimados y comenzaron a plantearse que se habían equivocado de lugar. Con los ánimos totalmente decaídos, decidieron echar un último vistazo antes de rendirse.

Nada.

Estaban ya recogiendo sus cosas, convencidos de que aquel sitio, aunque hermoso, no era el descrito por el pirata. Miraron por última vez la preciosa cascada y con gran pesar dieron media vuelta para regresar.

—Esperad un momento. —Lara parecía haber visto algo que se les había escapado anteriormente.

Se metió en el agua y se acercó al centro de la cascada. El agua la estaba empapando, pero no parecía darse cuenta. Alargó las manos hacia delante y luego miró hacia los chicos con una gran sonrisa de satisfacción. Los tres muchachos no pudieron evitar salir corriendo hacia ella, al escudriñar su rostro y entender lo que ocurría. Mientras se acercaban a la chica a toda prisa totalmente emocionados, Lara desapareció bajo la cascada.

Alargaron las manos bajo el agua y descubrieron que había una pequeña cavidad en la pared. La franquearon y se encontraron en una cueva de un tamaño bastante considerable, que se dividía en cuatro caminos diferentes. Su amiga estaba ensimismada observando aquella maravilla. Desde luego la entrada no era nada fácil de encontrar y si alguna vez alguien la había descubierto, dudaban que se hubiese atrevido a penetrar en alguno de aquellos oscuros pasadizos naturales.

—No me lo puedo creer. —Alba no podía dejar de sonreír de la emoción.

—Si os soy sincero, no esperaba encontrar nada —confesó Saúl—. Intentaba creer que sí, que todo esto era posible, pero mi cordura no me lo permitía. Pero mirad esto, es real ¿verdad? Estamos más cerca del tesoro.

—Sí, es totalmente cierto. —A Jose le hizo gracia la reacción su nuevo amigo.

Los cuatro estaban empapados de arriba abajo, pero no parecía importarles.

—Bien, hay que decidirse, por uno de los caminos. —Lara no dejaba de mirarlos, intentando averiguar cuál podía ser el correcto.

—Imagino —razonó Jose—, que Françoise debió de dejar alguna pista en la entrada del camino correcto.

—Pues ¿a qué estamos esperando? —Alba estaba muy animada—. Empecemos a buscar.

Sacaron las linternas, que por suerte no habían sufrido ningún percance, al pasar las mochilas por debajo de la cascada, ya que eran impermeables. Funcionaban perfectamente. Cada uno, se colocó frente a una de las entradas de las cuatro cuevas en las que se dividía la principal y comenzaron a examinar centímetro a centímetro.

Después de un buen rato en el que no encontraron absolutamente nada, Lara propuso buscar por la cueva principal.

Tampoco.

Mientras, en el hotel, a David comenzaban a pasársele los efectos de las pastillas, así que poco a poco se despertó. Le extrañó no ver a su novia a su lado, pero imaginó que se habría levantado para ir al baño. Todavía estaba un poco aturdido y bostezaba sin parar, así que prefirió quedarse allí acostado esperando que Joana saliera del lavabo. Pasados quince minutos, se levantó para comprobar que la chica estaba bien. Llamó a la puerta esperando respuesta, pero no obtuvo ninguna.

—¿Joana? —Tocó un poco más fuerte.

Comenzaba a desesperarse, así que hizo intención de abrir, imaginando que el cuarto de baño estaría cerrado por dentro, pero no fue así. La puerta se abrió sin dificultad y al ver que su novia no estaba allí, le dio un vuelco el corazón. Se puso muy nervioso. Se dispuso a salir a buscarla, cuando vio algo sobre la almohada de la chica. Se acercó despacio. Se trataba de una nota e imaginó que como él se había quedado profundamente dormido, la chica habría salido y no quería preocuparlo.

Nada más lejos de la realidad.

Diles a tus amigos que el tesoro es nuestro,
si quieres volver a tu novia con vida,
más te vale no avisar a la poli.

—¿Qué podemos hacer? —Saúl comenzaba a desesperase.

—¡Mirad! —Alba parecía haber encontrado algo.

—¿Qué es? —preguntó Lara.

La chica se había adentrado unos metros en cada una de las cuevas para ver si la pista que estaban buscando, a pesar de no estar seguros de su existencia, estaba entrando en las grutas.

—No sé si me estoy volviendo loca o en esta roca —señaló una piedra que salía del suelo y llegaba hasta su cintura— hay una especie de corazón tallado.

No se apreciaba bien, por el paso de los años.

Sus amigos se acercaron y comprobaron que Alba tenía razón.

—Y ¿Qué tiene que ver que haya un corazón tallado en una piedra? —preguntó Jose.

—¡El colgante! —Lara cayó en la cuenta de lo que quería decir su amiga.

—¡Exacto! Esa es mi teoría, que hace alusión al colgante —asintió la chica del pelo rojo.

—Pero ¿creéis que...

—Sí —dijeron al unísono las dos chicas, interrumpiendo a Saúl.

—Bien —se rio el muchacho por la reacción de las dos amigas.

Comenzaron a avanzar, adentrándose en las oscuras profundidades de la cueva situada más a la izquierda. Se miraban sonrientes, sin poder contener la emoción.

Como habían traído cuatro linternas, decidieron usar solo dos, pues no sabían cuánto tiempo estarían allí dentro y si las pilas durarían hasta llegar a su destino.

Por el camino, cada uno iba pensando en una cosa diferente, pero todas ellas relacionadas con el mismo tema.

Lara se preguntaba si el tesoro estaría allí después de tantos años.

Jose rezaba porque su novia y su amiga tuvieran razón y aquella piedra marcara la cueva que llevaba hasta el tesoro.

Saúl se preguntaba cómo podían haber trasportado el botín por aquel camino, pues era muy largo y difícil y la entrada muy pequeña.

Alba simplemente creía que no tendrían que hacer el camino de vuelta, estaba segura de que el tesoro lo habían introducido por otro sitio.

El camino cada vez era más pequeño y los chicos, aunque ninguno decía nada, comenzaban a agobiarse. No sabían cuánto tiempo llevaban caminando, habían perdido totalmente la noción del tiempo.

El cuarteto no hablaba, estaban concentrados mirando fijamente hacia adelante y hacia las paredes por si se les escapaba algún detalle importante.

Después de que la gruta se les estrechara tanto que Lara comenzó a hiperventilar agobiada, divisaron una luz al fondo. Llegaron a un espacio mucho más grande y ventilado, donde el techo se elevaba sobre sus cabezas formando una cúpula de piedra, coronada por un pequeño agujero, que dejaba entrar un tenue rayo de luz. Respiraron profundamente y agradecieron llegar a un lugar de dichas dimensiones. En el centro de aquel espacio había un gran charco. En frente divisaron una escalera de madera, que daba a una oquedad situada a unos diez metros del suelo. Al verla se miraron satisfechos, pues era una clara evidencia de que por allí había pasado alguien antes que ellos. Bordearon la gran masa de agua que reposaba delante de ellos y llegaron a la escalera, que estaba bastante deteriorada.

Jose se ofreció a subir el primero para asegurarse de que no había peligro, pues la altura era bastante considerable. El chico fue muy precavido y subió poco a poco, para asegurarse de que ningún peldaño se desprendería y lo haría caer. Una vez arriba los demás comenzaron el ascenso. Saúl les dijo a las dos amigas que subieran ellas primero, que él las iría siguiendo. Lara se reunió con su novio en un abrir y cerrar de ojos, ya que subió como una exhalación. Saúl le seguía los pasos a Alba y se percató de que cada vez que Alba apoyaba un pie en un peldaño se escuchaba un crujido que al chico no le gustó nada.

—Alba, date prisa, esto no va a aguantar mucho más.

Al escuchar esto la chica comenzó a subir toda velocidad y Saúl detrás de ella. La joven alcanzó su objetivo y cuando el chico que la seguía iba estaba a punto de reunirse con sus amigos, la escalera se hizo añicos. El joven pudo agarrarse con una mano a una pequeña roca, pero su mochila se precipitó contra el suelo. Comenzaba a resbalarse. Alba sin pensárselo se alongó y estiró su brazo para alcanzarlo. Jose la sujetó del el otro brazo y Lara por la cintura, así que pudo alongarse un poco más.

—Coge mi mano —gritó la chica del cabello de fuego.

—No puedo —Saúl comenzaba a perder la fuerza y no aguantaría mucho más.

—Haz un esfuerzo —Alba gritaba desalada, no podía permitir que su adorado joven de cabellos enmarañados se precipitase contra el suelo—. Por favor —le rogó mientras una lágrima cayó por su mejilla por la impotencia.

La muchacha clavó sus ojos verdes en los de él y este, sin saber cómo, tuvo el coraje de impulsarse hacia arriaba y coger la mano de la chica que lo agarró con fuerza. Entre los tres tiraron del chico y lo subieron. Cayeron al suelo y Alba se lanzó a sus brazos preguntándole si estaba bien. Lo abrazó, había sentido un miedo atroz, al pensar que podía haberle pasado algo. Al resto le sorprendió su reacción, pero ella se había dado cuenta de algo muy importante, se habían disipado sus dudas. Al percatarse de esto, dejó de abrazarlo, lo miró a los ojos con una sonrisa y por primera vez, fue ella la que dio el paso y lo besó. Lara y Jose decidieron adelantarse, aunque con cautela después de lo sucedido, para dejarlos a solas.

—¿A qué ha venido esto? —le preguntó lleno de felicidad, aunque asustado al mismo tiempo por si aquello no volvía a suceder.

—¿Hace falta que te lo explique? —ella arqueó las cejas haciéndole ver lo evidente.

—¿Estás...segura? —miró hacia al suelo confundido—. No quiero que hagas esto, solo por lo que acaba de pasar, yo prefiero esperar a que tú estés...

—Cállate. —Y volvió a besarlo.

No quería dejar de hacerlo. Se había dado cuenta por fin, de que era con él con quien quería estar. Carlos era un buen chico y sería un buen amigo, pero por él sentía algo mucho más fuerte.

—Chicos —se oyó la voz de Lara—. Tenéis que venir a ver esto.

La pareja se había adelantado y estaban a unos treinta metros, parados en lo que parecía ser la entrada a otro espacio de grandes dimensiones. Podía apreciarse otra vez un techo bastante elevado, bañado por una intensa luz. Alba entrelazó sus dedos con los de Saúl y se levantaron a ver para qué los había llamado Lara. Cuando llegaron a la altura de la otra pareja no asimilaron lo que vieron sus ojos.

David comenzaba a ponerse nervioso. Había perdido la cuenta de las veces que había llamado a los móviles de sus amigos. No sabía qué hacer. No conseguía contactar con ellos, no tenía la más remota idea de si habían encontrado el tesoro y no podía llamar a la policía.

Se sentaba, se levantaba, caminaba por la habitación y volvía a sentarse. Se mordía las uñas, se pasaba la mano por la cara, haciendo una parada a la altura de los ojos, cruzaba los brazos y volvía a morderse las uñas.

Estaba desesperado y de la impotencia comenzó a llorar.

Tocaron a la puerta y corrió a abrir. Era Amparo.

—Paloma quiere saber si esperarán por sus amigos para la cena o ...—la mujer vio que el chico estaba llorando— ¿Te encuentras bien muchacho? —puso cara de preocupación.

—Sí, estoy bien —estuvo tentado a contarle todo, pero recordó la nota—. Esperaremos por ellos —fingió una sonrisa lo más convincente que pudo.

Ante ellos se extendía una cámara cubierta por otra cúpula de piedra, en la que no había uno, sino decenas de agujeros perforando la piedra, que permitían que la vista fuera totalmente nítida, dejando que los chicos apreciaran por fin, lo que tanto habían deseado encontrar, el tesoro de Françoise Leclerc. El cuarteto se miraba anonadado y volvía a mirar al frente. No se podían creer lo que estaban viendo en el aquel instante. No hubiesen imaginado jamás que el tesoro del pirata abarcara tremendas dimensiones. Se adentraron en la cámara del tesoro, admirando todo lo que allí había. Sentían que estaban protagonizando una película de piratas en la que los protagonistas daban al fin con botín. Pasearon por la estancia y como niños chicos se probaron collares, anillos y coronas. No podían dejar de reír y lo único que los entristecía era que David y Joana no estuvieran con ellos para admirar aquella maravilla.

Cuando pensaron en sus amigos, les vino una pregunta a sus cabezas ¿Cómo saldrían de allí?

Joana comenzaba a despertarse y le dio un vuelco el corazón cuando se encontró atada y amordazada en un lugar totalmente desconocido. Intentó soltarse, pero fue imposible. No podía gritar, ni hacer ningún tipo de ruido. Se encontraba en medio de una habitación llena de trastos viejos, muchos de ellos tapados con sábanas y cubiertos de polvo. Miraba hacia un lado y hacia otro, pero no veía a nadie. No entendía cómo había llegado hasta allí sin enterarse. ¿Y David? ¿Lo habrían cogido a él también? Al fin y al cabo, lo último que recordaba era que se habían acostado los dos a dormir la siesta.

Impotente, se resignó a que nada podía hacer, así que se limitó a esperar, aterrorizada.

Las dos parejas comenzaron a examinar la pared de la cámara del tesoro, estaban seguros de que los piratas no habían recorrido el camino que habían recorrido ellos, aunque no entendían bien por qué, si había otra entrada, el mapa los había llevado por aquel camino tan largo y peligroso. Sabían que tardarían en encontrar lo que estaban buscando, así que se apresuraron en comenzar a hacerlo. Tuvieron un golpe de suerte y no tardaron tanto como ellos habían creído. En la pared de la derecha encontraron un pequeño tramo diferente al resto, como que había sido modificada. Era una especie de cuadrado que parecía tener una raya pintada alrededor, aunque imaginaron que no era pintura y una pequeña oquedad, situada a la mitad más o menos. Era un hueco alargado de unos cuatro centímetros por dos. Jose introdujo el dedo índice para ver qué forma tenía por dentro y cuando lo descubrió, cerró los ojos, angustiado.

—¿Qué pasa? —le preguntó su novia preocupada.

—Esto, es una especie de cerradura y necesitamos una llave para abrirla —se estaba desmoronando. Sentía que iban a quedarse allí encerrados para siempre.

No tenían la llave para usar aquella salida y con la escalera rota, no sabía cómo saldrían de allí.

—No te preocupes —intentó tranquilizarlo Alba—. Buscaremos la llave, seguro que está por aquí.

—No lo entiendes —la miro lleno de preocupación—, la llave es el corazón.

Las chicas se quedaron de piedra y entendieron la desesperación del joven.

—No hay problema —dijoSaúl sonriente mientras abría la cremallera de uno de los bolsillos de su chándal—. Esta mañana, no sé por qué, me ha dado por coger esto —sacó el saquito azul de terciopelo en el que su madre guardaba el colgante que Françoise le había regalado a Alejandra.

—Gracias a Dios —suspiró Lara.

—Estás en todo —Alba lo miró con ternura.

Sacó e colgante de su funda y se lo entregó a Jose. Este lo introdujo en la oquedad y se dispuso a presionarlo.

—Espera —lo detuvo Lara—. No sabemos qué hay al otro lado. Puede haber cualquier cosa.

—Pues tú me dirás qué hacemos —dijoAlba—, porque es la única forma de salir de aquí.

—Tienes razón —se resignó la chica. Miró a su novio—. Adelante.

Jose presionó el colgante y se escuchó un estruendo. La roca comenzó a temblar y poco a poco se fue desplazando hacia fuera, como si de una puerta se tratara. Los chicos no esperaban lo que apareció al otro lado. Parecía ser un sótano muy antiguo. Atravesaron la puerta y cuando todos estuvieron fuera, Jose retiró el colgante del hueco y ante su sorpresa, la puerta se cerró. Cuando estuvo cerrada del todo, los chicos se quedaron sin palabras. Allí solo había una pared, sin rastro alguno de la puerta y sin forma humana de abrirla. Entonces comprendieron por qué había que acceder a la cámara del tesoro por el largo camino que ellos acababan de recorrer.

Examinaron el sótano y encontraron una trampilla en el techo de madera y una escalera que llevaba hasta ella. Jose se empeñó en ser él que se subiera a la escalera, pues después de lo que había pasado no quería que fuese Saúl el que lo hiciera. La escalera tenía apenas dos metros de alto, así que, si pasaba algo, por lo menos esta vez no sería tan grave, como podía haber sido con la otra escalera.

Dio unos fuertes golpes con el hombro, empujando hacia arriba para ver si conseguía abrir la trampilla, pero estaba muy dura. Seguramente llevaba años sin usarse. Saúl se subió con él y entre los dos consiguieron abrirla. Los cuatro chicos subieron y aparecieron en una antigua edificación medio derruida.

Se fijaron bien y se percataron que habían salido por una de las construcciones que se encontraron por el camino. Al lado de la estación meteorológica. Se llevaron una gran alegría, pues no tenían ni idea de a donde los había llevado aquel dificultoso camino y como volverían hasta el coche y resultaba que su furgoneta estaba aparcada "cerca" de donde se encontraban en aquel momento.

—El único camino para llegar aquí, ¿es el que hemos hecho? —quiso saber Lara.

—No, hay caminos por los que no hay que subir por la cascada, si no en línea recta —contestó Saúl, adivinando lo que quería saber la chica—. Pero son más largos.

Sacaron fuerzas de donde pudieron y llegaron hasta el vehículo. Estaban deseando llegar al hotel y contarles a sus amigos, la experiencia que habían vivido.

Entendieron que cuando Françoise quería esconder un nuevo botín, llevaba a su tripulación al lugar por donde ellos habían salido y luego él recorría el camino que ellos habían recorrido aquel día para abrir la puerta secreta, ya que desde el otro lado no se podía. Por eso él era el único que sabía dónde estaba el tesoro.

Subieron las escaleras de piedra del hotel y saludaron a Paloma brevemente para reunirse con David y Joana. Se plantaron delante de la habitación de la pareja. Llamaron a la puerta con una gran sonrisa de satisfacción, pero cuando su amigo abrió la puerta, empapado en lágrimas su entusiasmo se desvaneció.

Entraron.

—¿Qué ha pasado? —Alba estaba atónita.

David simplemente les dio la nota. Todos se quedaron sin palabras.

La preocupación iba en aumento, no podían creer que aquello estuviese sucediendo de verdad. Empezaba a anochecer y no habían recibido ninguna noticia.

David se levantó y comenzó a caminar por la habitación. Le llamó la atención algo que había tirado en el suelo delante de la puerta.

Era otra nota.

Salió rápidamente para ver si veía a quién la había dejado, pero lo más seguro es que llevara allí un rato y ellos no se hubieran percatado de su existencia hasta aquel momento. Leyó la nota.

Queremos el mapa, dejadlo en la ventana donde estaba la llave de la entrada trasera del hotel y cuando el tesoro sea nuestro, os devolveremos a la chica.

—David —Lara pensó con rapidez—, llévales el fragmento que desciframos del texto del mapa del pirata. Eso nos dará algo de tiempo para pensar.

—Pero Lara ¡tienen a Joa! —David estaba alterado.

—¿Tienes una idea mejor? —le reprochó la chica.

—No —agachó la cabeza.

Alba sacó de su mochila el papel con fragmento y se lo dio a David.

—Por cierto —dijo mientras alargaba la mano para cogerlo— ¿encontrasteis el tesoro?

—Sí —contestó Alba seria. Ahora en aquel momento lo que le preocupaba era Joana.

—Jose —Lara miró a su novio— ¿Por qué no acompañas a David? No creo que sea buena idea que vaya solo.

Los dos chicos se marcharon.

—Vosotros dos quedaros aquí. Voy a hablar con tu madre, a ver si consigo disimuladamente, saber si ella ha visto algo raro.

Lara estaba alterada, no podía creer que aquello estuviera pasando de verdad, pero supo mantener la calma para que no se le notase.

—Está bien —no se atrevieron a contradecirla.

La chica salió de la habitación y se dirigió a la escalera. Paloma no estaba en la recepción, pero divisó que al otro lado de la recepción, por el pasillo al que ellos no podían acceder porque era solo para personal del hotel, se abría una puerta y se asomaba una cabeza de mujer, que ella reconoció, que miró hacia un lado y a otro del pasillo. Luego salió y se dirigió al comedor. A Lara le extrañó este comportamiento así que bajó en silencio las escaleras, percatándose de que no hubiera nadie que pudiese verla. Llegó hasta la puerta de la que vio salir a la mujer y la atravesó rápidamente, sin hacer ruido. Se encontró en unas escaleras, con un muro a cada lado, que daban a un sótano. Bajó en silencio. Cuando casi estuvo abajo, asomó la cabeza con cuidado de no ser vista y vio a Joana amordazada y atada a una silla. Estaba custodiada por un hombre y ella conocía a ese hombre.

Era Nicolás, como no, si a la que había visto salir de allí era a su mujer.

Cogió una barra de madera de un montón, que había apoyado en la pared al pie de la escalera y se acercó lentamente al hombre que estaba de espalda. En silencio, llegó hasta el hombre y le golpeó en la cabeza con los que portaba en las manos. Este cayó al suelo y Lara corrió a desatarle las manos a su amiga. Cuando terminó con las manos bordeó la silla y comenzó a desatarle las piernas, pero Nicolás recuperó el conocimiento y la agarró del brazo tirándola al suelo. Forcejearon, pero el corpulento hombre tenía mucha más fuerza que la chica y consiguió reducirla sujetándola contra el suelo. Joana terminó de desatarse las piernas, cogió la barra de madera que había soltado Lara y golpeó al hombre de nuevo en la cabeza, este cayó dolorido, aunque esta vez no perdió el conocimiento. Tiempo suficiente para que Lara se pusiera en pie y le propinase una patada en la entrepierna. Joana nerviosa, a la vez que enojada volvió a golpearle y por fin Nicolás se desmayó. Las chicas se apresuraron a atarlo con las cuerdas con las que habían atado a Joana, para inmovilizarlo. Lo amordazaron también, por si gritaba y alertaba a su cómplice.

Lara le dijo a Joana que corriera a avisar a los demás, que ella se escondería y se quedaría vigilando por si Amparo regresaba y lo liberaba. Joana corrió escaleras arriba, para buscar ayuda, pero se encontró de frente con la mujer. Esta se sorprendió al verla desatada y a punto de escapar. Fue bajando poco a poco las escaleras, haciendo retroceder a la chica.

—¿Qué haces desatada? Le dije a Nicolás que apretara bien las cuerdas. Da igual, no vas a salir de aquí todavía y yo ya tengo lo que quiero —le mostró el papel que los chicos habían dejado donde les habían ordenado—, y para cuando te encuentren, ya nosotros estaremos muy lejos. —Estaban a mitad de la escalera —. Desde que empecé a trabajar aquí y Paloma nos contó lo del tesoro no he dejado de buscarlo. Llevo años encerrada en este hotel sin otro objetivo que el de encontrar el botín de Françoise Leclerc.

Llegaron al final de la escalera y la mujer se sorprendió al ver a su marido atado en el suelo.

De repente, de entre uno de los trastos que habían alrededor de ella, tapados con sábanas viejas, salió un puño que se empotró en su cara dejándola sin aliento. Entre las dos chicas la redujeron y la ataron con una de las sábanas llenas de polvo que cubrían los trastos del sótano.

Corrieron escaleras arriba para salir de allí cuanto antes. Paloma estaba en la recepción y se quedó boquiabierta al ver a las dos chicas salir del sótano corriendo, despeinadas y con la ropa mal colocada.

—¡Llama a la policía! —le gritó Lara a la mujer mientras pasaba como una exhalación por delante del mostrador y subía las escaleras de dos en dos.

—¡Paloma haz lo que te dice! —le gritó Joana, que corría tras su amiga y vio que la mujer se había quedado pasmada.

La dueña del hotel hizo lo que le ordenaron, aunque no sabía bien por qué. Tendría que improvisar e inventarse un motivo para que acudieran.

Las dos jóvenes llegaron a la habitación donde aguardaban sus compañeros, que estaban preocupados por la desaparición de Lara también. David abrió la puerta enseguida y su novia se lanzó a sus brazos, apretándolo contra su cuerpo. Él comenzó a llorar mientras la abrazaba, ya que no se esperaba volver a tenerla tan pronto entre sus brazos.

—¿Estás bien? —Tenía miedo de que le hubieran hecho daño a su queridísima novia. La separó para verla bien, sujetándola por los brazos y cuando comprobó que estaba ilesa, volvió a estrecharla entre sus brazos.

—Sí, estoy perfectamente. —Ella sonrió. Se sentía fuerte y emocionada por lo que acababa de vivir en compañía de su amiga.

—Lara —Jose se acercó a ella, asombrado por como venía de desaliñada— ¿Qué ha pasado?

—Ahora no, os lo explicaremos más tarde, tenemos que bajar a recepción, tu madre —miró a Saúl—, está llamando a la policía.

Bajaron a recepción a esperar al cuerpo de seguridad y mientras, Joana y Lara les hicieron un resumen de lo que acababan de vivir, omitiendo el detalle de que habían encontrado el tesoro del pirata. A Joana no le fue difícil omitir este detalle, puesto que no tenía ni idea de que sus amigos habían dado por fin, con el valioso botín.

Paloma no podía creer que Amparo y Nicolás le hubieran estado mintiendo durante tantos años, haciéndole creer que su trabajo en el hotel era por amistad.

Estaba tan dolida.

La policía no tardó y cuando llegaron, los llevaron hasta los secuestradores. Les hizo gracia que dos chicas como Lara y Joana, tan pijas y frágiles en apariencia, hubiesen conseguido reducir a sus atacantes de aquella manera. Cuando se llevaban a los dos delincuentes al coche patrulla, para arrestarlos por secuestro, Alba se acercó hasta ellos.

—Lo hemos encontrado, y es mejor de lo que pensábamos —les susurró para que los agentes no la oyeran.

A los dos malhechores se les desencajó la cara y la chica recordó el verano anterior.

LA ENTREGA

XIX

El grupo, incluido Saúl, decidió no contarle nada del tesoro a Paloma. Querían hacer las cosas bien y darle una gran sorpresa. Las dos parejas relataron a David y Joana la aventura que habían vivido en busca del tesoro, sin omitir nada. Como Lara había encontrado la entrada, el incidente de la escalera y cómo gracias a que Saúl tuvo una corazonada y cogió el colgante, no se quedaron encerrados para siempre. Los chicos estaban ilusionadísimos y lo único que les pesaba era no poder haber visto la gran cámara del tesoro, que describían sus amigos.

—Bueno —Lara miró con complicidad a Jose, Saúl y Alba—. No podíamos dejar que os perdierais una cosa como esta, así que —sacó su iphone— grabamos un par de vídeos.

Al día siguiente los chicos se levantaron temprano, tenían muchas cosas que hacer aquel día.

Lo primero que hicieron fue dirigirse a Santa Cruz de la Palma. Se habían informado en internet, que las autoridades encargadas de los descubrimientos como el que ellos habían hecho, era un cuerpo especial de la guardia civil que se ocupaba de estos casos.

Lara le enseñó el video que habían grabado, al señor que los atendió y este quedó fascinado. Les explicó que, en estos casos, a la persona o personas que encontraban algo así, se le recompensaba con un porcentaje del valor total del hallazgo. Los chicos, ante la sorpresa de su nuevo amigo, quisieron que constara como que Saúl y Paloma eran los descubridores.

Volvieron al hotel y encontraron a Paloma en la recepción, muy deprimida. Tenía los ojos rojos e hinchados de haber estado llorando. Saúl entró a la recepción y abrazó a su madre.

—No puedo creer que me hayan engañado durante tanto tiempo —necesitaba desahogarse—. Para mí eran como mi familia y creía que yo para ellos también. —Los chicos dejaron que hablara—. Qué tonta he sido y todo por qué, porque querían apoderarse de un tesoro que no existe.

—Paloma —David le sonrió suavemente— ¿Podrías acompañarnos un momento a la habitación de Alba?

La mujer no supo a qué venía aquello, pero todos la miraban tan sonrientes, que no pudo negarse.

—Cuando llegamos aquí —comenzó a hablar Jose—, nunca pensamos que viviríamos una aventura como la que hemos vivido.

Ella no sabía de qué estaba hablando.

—Sí —continuó David—. Alba nunca dejó de soñar con Alejandra y gracias a eso descubrimos muchas cosas.

—No quisimos contarte nada, porque sabíamos que había alguien espiándonos y tuvimos miedo, no sabíamos en quién confiar —fue el turno de Joana.

—Pero desde casi el principio descubrimos cosas, que ahora que sabemos que no estamos en peligro, queremos darte, porque al fin y al cabo son tuyas. —Lara se acercó a la cómoda y cogió el espejo, se acercó y se lo dio a Alba. A ella le tocaba hacer los honores de contar la historia, al fin y al cabo, en cierto modo, había formado parte de ella.

—Este espejo perteneció a Alejandra —le dijo, mientras los dividía, convirtiéndolo en las dos llaves, ante el asombro de la mujer—, pero era una chica muy lista. La historia de amor entre ella y el pirata fue real —a Alba le brillaban los ojos—. Esto es una llave, que mandó a hacer para esconder su diario —introdujo en óvalo en la moldura superior del armario, accionando el mecanismo que hacía que saliera el cajón secreto. Cogió el diario y se lo acercó.

A Paloma se le iban a salir los ojos de las órbitas, no podía creer que aquello fuese real.

—Yo puse la misma cara cuando me lo enseñaron —se rio Saúl.

—Y esta parte del espejo —le mostró el mango—, es la llave para abrir el diario. Le hizo un gesto a Lara para que continuara, al fin y al cabo, casi todas las pistas las había resuelto ella.

—En el diario, Alejandra dejó una pista de donde escondió las cartas que le enviaba Françoise y las encontramos —le acercó la caja con las cartas—. Estaban en el interior de la chimenea del comedor. Te hubiese gustado verme llena de hollín —sonrió. La mujer parecía estar animándose—. En el diario, Alejandra dejó escrito, que, en la última carta, Françoise le mandaba el mapa del tesoro, para que ella se fugara y una pista de como leerlo, ya que está escrito con tinta invisible —sacó la carta de la estaba hablando y se la mostró, dándole paso a Jose.

—Gracias a una pista que dejó Alejandra en el diario y a uno de los sueños de Alba, supimos como teníamos que leer el mapa. —Jose le cedió el turno a Saúl.

—Con esto —dijo el chico mostrándole a su madre su propio colgante. Se quedó boquiabierta—. Sí, Françoise se lo regaló a Alejandra.

A la mujer le cayeron unas lágrimas de la emoción. Colocó el colgante frente a la hoja. Jose con una linterna hizo los honores y apareció el texto.

Paloma no podía creer que todo aquello hubiera estado allí todos aquellos años.

—Es un texto encriptado —continuó Joana— que, gracias a tu hijo conseguimos resolver y nos dejó un fragmento que otra vez descifró él.

—Esa última resolución, nos llevaba a la cascada de colores. —David recordaba el precioso paisaje—. Pero no encontramos nada, porque fuimos a la cascada equivocada.

—Cuando llegamos y nos preguntaste que a cuál de las dos cascadas habíamos ido, caí en la cuenta de que me había equivocado, así que al día siguiente tuvimos que volver.

—Fue un camino duro —Lara pasó su mano por la frente, simulando que se secaba el sudor—, pero por fin podemos darte la buena noticia de que encontramos esto. —Y le puso la grabación del móvil.

Paloma comenzó a llorar. Eran demasiadas emociones para asimilarlas en unos minutos.

—Mamá. Esta mañana hemos ido a informarnos y un porcentaje del valor del tesoro —le tendió el papel que le había dado esa mañana el hombre que los atendió —, es nuestro.

La mujer sintió que las piernas se le aflojaban y su hijo la sujetó. Estaba emocionada, no sabía si reír o llorar de felicidad.

—Gracias —dijo cuando por fin pudo articular palabra —. No puedo creerme que todo esto haya pasado. Lo más gracioso es que teníais toda la razón. —Se quedaron perplejos ¿de qué hablaba? —. La primera noche, durante la cena, cuando os dije que tendría que cerrar el hotel, me dijisteis que todo se solucionaría. Gracias, gracias.

Tocaron a la puerta y Alba fue a abrir. Al fin y al cabo, seguía siendo su habitación.

Era Carlos.

A la chica le dio un vuelco el corazón al verlo. Había perdido la conexión con Alejandra y aunque el chico seguía atrayéndole muchísimo, sabía con quién quería estar.

—Ahora vengo —miró a Saúl y le sonrió.

Salió de la habitación cerrando la puerta tras de sí.

—Me acabo de enterar por las noticias, de que habían detenido a dos empleados de La Mansión por el secuestro de un cliente ¿Qué ha pasado?

Alba le hizo un pequeño resumen de todo lo que había sucedido mientras paseaban por los jardines. Se sentaron en un banco y Alba fue muy sincera con el joven gaditano. Le habló de sus sentimientos hacia a Saúl y le pidió perdón. Él la comprendió y le dio un fuerte abrazo, haciéndole entender que allí tenía un amigo.

—No te creas que ahora tienes una excusa para no grabar ese disco. Un trato es un trato —le sonrió ella.

La chica se reunió con Saúl en la habitación y los demás decidieron dejarlos solos. Pasaron el resto del día, juntos, entre arrumacos y discusiones, pues ya era la Alba de siempre. Eso hizo que se gustaran aún más.

Al día siguiente les indicaron a las autoridades donde podían encontrar el tesoro, llevando una escalera plegable, por su puesto.

Durante un par de semanas La Mansión estuvo abarrotada de periodistas, que querían conocer la historia del tesoro y del secuestro. Los jóvenes le dejaron el protagonismo a Paloma.

La mujer tenía todas las habitaciones del hotel reservadas, para seis meses. El haber salido en todas las cadenas y todos los periódicos le había dado una gran publicidad. Además del atractivo de la historia de amor del pirata y Alejandra, que todo el mundo quería conocer.

Los chicos pasaron el resto de las vacaciones, en de aquella preciosa isla. Por fin pudieron hacer su acampada en Barlovento, gozaron de todas las fiestas y disfrutaron de la danza de los enanos.

De vuelta en el barco los seis iban pensando qué misterio les depararía sus próximas vacaciones. Y es que, en sus islas, todavía había muchos misterios por descubrir.

Printed in Great Britain
by Amazon

29288708R00130